话剧《扎西岗》第一场舞台设计图

话剧《宗山魂》(即《宗山往事》)演出宣传画

话剧《情满草原》演出宣传画

扎西岗

尼玛顿珠 著

学苑出版社

图书在版编目（CIP）数据

扎西岗 / 尼玛顿珠著. -- 北京：学苑出版社，2017.6
 ISBN 978-7-5077-5263-2

Ⅰ.①扎… Ⅱ.①尼… Ⅲ.①话剧剧本—作品集—中国—当代②电影剧本—中国—当代 Ⅳ.①I230

中国版本图书馆CIP数据核字（2017）第162563号

出 版 人：孟 白
责任编辑：李 媛
封面设计：徐道会
出版发行：学苑出版社
社　　址：北京市丰台区南方庄2号院1号楼
邮政编码：100079
网　　址：www.book001.com
电子信箱：xueyuanpress@163.com
联系电话：010-67601101（销售部）、67603091（总编室）
印 刷 厂：北京信彩瑞禾印刷厂
开本尺寸：880×1230　1/32
印　　张：7.5
字　　数：150千字
彩　　插：2面
版　　次：2017年7月第1版
印　　次：2017年7月第1次印刷
定　　价：58.00元

目 录

前　言 I

情满草原 1

宗山往事 57

扎西岗 109

阳光下的西藏 169

前　言

　　这次把自己的剧本结集出版，本想请一位名家来写个序言，夸我几句。但仔细一想，我的剧本水平实在太一般，让名家夸我有点为难人家了。所以，想来想去，还是自己写几句好了。

　　我从事戏剧创作已经有20多年了，早有把这些作品结集出版的愿望。去年和前年相继出版了两部藏文版的剧本集，今年出版的这部书是我的第一部汉文的剧本集。这些剧本涵盖了我的各个阶段的比较重要的作品，从中可以看到我个人的成长和思想变化的过程。

　　我1993年毕业于中央民族大学，同年被分配到西藏话剧团从事编剧工作。在大学里我学的是藏族文学专业，虽然文学专业跟剧本创作有相通的地方，但是对于舞台我一无所知。所以，后来单位专门派我到上海戏剧学院，学习了两年的戏剧创作。真正让我了解舞台的，还是后来的事情。我从戏剧学院学习回来不久，团里正在排一部大戏，这部戏对我的剧本创作影响极大。并不是说这个戏的剧本对我有何重大影响，而是，因为我担任了这个戏的场记工作。当了场记以后，我整天跟着导演参加各个部门的讨论会和各种现场工作，如演员排戏、舞美设计制作以及跟剧作者讨论修改剧本通过领导审查等等。在这个过程中，我系统地了解到了一部舞台剧诞生的全过程及舞台各个部门的工作流程和操作方式。这对我后来写剧本起到了相当重要的作用。

做好场记工作的同时，我还经常去帮舞美老师的忙，比如做一些制造音效和打追光的工作。那个时候，制作舞台音响效果没有现在用电脑制作那么方便，很多都要靠手工的。不过，这工作有意思极了，音效师在几把圆形的竹扇上挂几串珠子，然后让我们藏在侧幕条后面平拿着扇子均匀地摇动，珠子转在竹制的扇子上发出"唰唰"的声音，下面观众听起来就完全是下雨的声音了。与此同时，我们还不时地把一面门大小的铁皮用双手举起来，用力地一抖动，发出"隆隆"的声音，这声音很像远处的雷声，再加上灯光的配合，就会给观众制造一个打雷下雨的情景。现在的音效师，完全用电子设备来制造音效，效果肯定会比我们当年好很多，但是也失去了当年的那种制造艺术效果的乐趣。

干这些活的时候，我是快乐的。但是作为一个专门学过戏剧创作的人，总是干这些活好像不是办法，荒废时光总是让人着急的。我告诉自己，一定要写出自己的作品，一定要把自己的作品搬上舞台。

1996年夏天的某一晚上，我突然心血来潮，做出了一个大胆的决定——徒步穿越藏北草原。第二天我向团里写了一个报告，报告里除了几句我要到藏北去体验生活，请批准之类的话以外，没有提任何交通、住宿和经费之类要求。团领导看了报告，马上批下来，还表扬了我几句，说年轻人有志向是很好的。当天下午我上街买了一些装备，我明白自己要做的是徒步游走藏北草原的壮举。第二天凌晨，单位住宅小区里，四周是静静的，我背上旅行包，推开小屋的门，披星戴月出发了。

接下来的时间里，我背着包游走在藏北草原上。当然，并没有出现当初想象的那种探险无人区的情景。我还是走在有人的地方，有村庄的地方，并且也不是完全徒步，有些地方还是搭车进去的。从藏北回来以后，我很快写出了一部剧本，这就是我的第一部搬上舞台的大型话剧《情满草原》。

写《情满草原》的时候，我的汉语写作水平还是很糟糕的。文笔很粗糙，写出来的台词水平也参差不齐，有些台词写得很大气，很有藏文化的味道，但是有些台词就简直是大白话，根本谈不上艺术美感。不过，对这个剧本的情节设置和人物塑造，我还是比较满意的。特别是敢爱敢恨的梅朵玛，直率、拿得起放得下的诺尔桑，善良的达杰爷爷，还有一些小角色，如赞拉、琼琼玛等，用在他们身上的笔墨不多，但是给人留下深刻的印象。这些人物都是我自己喜欢的。

《情满草原》于2001年作为西藏和平解放五十周年的献礼剧目在拉萨和那曲等地进行演出，得到了广大观众和业内专家的高度评价，先后获得了中共中央宣传部第八届精神文明建设"五个一工程"大奖、第十四届中国曹禺戏剧文学奖提名奖、珠穆朗玛文学艺术奖等国家和省级奖项。

《情满草原》是我26岁时候写成的作品，可以说是我的早期作品。那个时候的我，年少轻狂，精神饱满，激情澎湃。也正因为这样，剧本里写出的感情是如此的热情奔放，有点激情燃烧的感觉。用导演普布次仁老师的话说："这是一条冰雪铺盖下流动的激流。"

　　《宗山往事》是我一直想写的一个题材。因为我自己是江孜人，而且这是我们西藏与西方世界的第一次正面冲突。我不敢轻易地碰这个题材，本来的打算是等自己的阅历和写作相对成熟后，用小说的形式写一本书。但是，令我没想到的是就在我毫无准备的时候，这个题材突然来到了我的面前。

　　2004年是江孜抗英斗争一百周年，自治区有关部门策划了一系列的纪念活动。其中，一个很重要的项目是要排演一部反映这一历史事件的话剧。上级部门理所当然地把这个任务交给了西藏话剧团。为此，团领导专门向一位内地的剧作家约了剧本。内地的剧作家很快写出了初稿，但是本子寄到团里进行讨论时，团领导和老专家对剧本提出了许多意见。收到反馈后作者很快改出了第二稿，团里又进行讨论，结果还是觉得跟团里和上级领导部门所提出的要求有点不符。

　　最后，团领导和老专家们做出了一个果断的决定——我们自己改，并且团领导大胆地决定让我来操这支笔。虽说是改，但实际上只能另起炉灶、重新创作。人物全都重新设置，故事完全推到，重新组织。团里为此还专门组织了一个强大的、现在看来颇为豪华的创作顾问团队。顾问团里有好几个西藏话剧团的元老级人物。有西藏第一代话剧演员大旺堆老师，有老一辈话剧表演艺术家拉巴顿珠老师、洛桑次仁老师，有西藏话剧团原团长、著名表演艺术家索朗饶登老师，有西藏第一位国家一级导演普布次仁老师（也是这个戏的导演），以及团领导洛丹团长等。

　　接下来的时间里，我白天和几位老专家坐在一起，讨论创作方案和具体细节，晚上独自在家里熬夜写作。前辈们不仅是德高望重的艺术家，而且个个都是热心肠的好人。为了西藏的话剧艺术，为了他们曾奋斗过的剧团，他们把自己内心里所有的生活积累和知识储备毫无保留地提供给我，这对我的创作有巨大的帮助，甚至可以说是起到了决定性的作用。所以，我在这里声明一下，《宗山往事》这个戏不仅仅是我个人的劳动成果，也是原作者和老专家们共同努力的结果。

有了强大的后盾，我的创作进行得很顺利。经过两个多月的奋战，终于完成了剧本的初稿。初稿送到团里和有关部门，大家都非常满意并且高度重视，马上敲定可以当作纪念活动的献礼剧目。

当然，命题式的作文和赶时间的写作，会给作品带来许多问题和遗憾。虽然这个作品在演出时曾轰动过拉萨，场场爆满，一票难求。但是光从剧本的文学性上看，毛病不少，很多地方经不起推敲。比如有些人物概念化，很多台词过于口号化，某些情节明显不合理。不过，作为编剧，我觉得作品中闪光的东西也是有的。比如，剧中所描写的爱情是独特的、神圣的。虽然还是司空见惯的三角恋，但是其结局是很特殊的，是意想不到的。这样的处理虽有些不可思议，但是人们还是能够接受的。很多同行还称赞说只有你们藏族人才能写出这样的三角恋结局。

这部剧从整体上看，写得比较大气，比较悲壮，这也是令我自己比较满意的地方。因为，我个人平时在生活中是个比较拘谨的人，写出来的东西居然这么大气，这令我自己也有些惊讶。

现在谈一谈《扎西岗》。这部作品于2008年完成,剧本写作时间不长,仅用了20多天就完成了初稿。但是,其构思过程还是比较漫长的。早在2006年的夏天,我在我的家乡江孜的农村,找到了这个故事的种子。在后来的时间里,我脑子里始终摆脱不了它。2008年剧团领导给我下达了一个新任务,就是要为我国庆祝改革开放30周年写一个献礼剧目。一接到这个任务,我就感觉到在我脑子里萦绕几年的故事终于可以派上用场了。于是,我离开了拉萨,前往山南,找了一个比较安静的地方,开始了为期一个月的封闭创作。

在这里,我想讲个很有意思的事情。我住的酒店后面是一座山,山上有一个采石场,白天常有民工来开山采石,能听到嘈杂的劳动号子。刚开始的时候我有点担心这会影响到我的写作,因为写作需要一个相对安静的环境。可是后来,我发现这对我的创作起到了积极影响。我白天写作间歇里喜欢趴在窗台上看民工们采石的劳作场面,看着这些劳动者的形象,我脑子里联想到了家乡勤劳的乡亲们,许许多多的劳动者形象走进我的脑海里。于是,晚上写作的时候,这些劳动者的形象就直接融入我的创作中。就这样,我用短短20多天的时间完成了《扎西岗》的初稿。

《扎西岗》搬上舞台以后,在拉萨和日喀则、山南等地演出,得到了广大观众的好评。国家文化部把《扎西岗》列入了2008年~2009年国家舞台艺术精品工程重点资助剧目。特别值得一提的是,该剧先后两次进京演出,得到了首都观众的好评。2010年该剧代表西藏,赴广州参加了第九届中国艺术节,并获得第十三届文华大奖特别奖。主演索次获得"文华优秀表演奖",我本人也因这部戏而获得了中国话剧金狮编剧奖。

《扎西岗》可以说是我的代表作了。有人说《扎西岗》在艺术成就上不如《情满草原》，在演出效果上不如《宗山魂》，但是我自己觉得，从文学角度看，《扎西岗》是我的大型剧本中是最成熟的。我自己也最喜欢这个作品。因为这部剧作里倾注了我多年来对西藏农村社会生活的观察和思考，以及对农民命运的关注。在这个剧本里所描写的事件和人物都是我自己非常熟悉的。在我的世界里，最熟悉的人群除了文艺界的工作者，就是农民。我从小在农村长大，虽然后来在城市工作，但是经常回到农村老家，能完全融入农民当中，我跟乡亲们之间没有任何的距离。所以，写农民我是很有把握的。剧本里所描写的很多事件是我们村里发生的事情，很多人物是有原型的，很多台词也是直接从乡亲们嘴里听来的。剧本里描写的都是日常生活中司空见惯的东西，但是，我觉得越是平常的事情，越能体现出当下广大农民的真实生存状况和精神世界。正因为如此，在广州演出的时候，我亲耳听到观众说："这个剧是西藏广大农牧区现实生活的一个缩影。作者通过这部话剧，向人们展示一个正在发展、变化的西藏新农村。"的确，尽管在我的作品里有这个或者那个主题，但始终不变的是我对农牧民生存状况的关注。在这个剧本里有我对农民生存的思考，有我对农民的同情和理解，有我对农民思想观念变化的肯定和批判。

尼玛顿珠
2016年11月于鲁迅文学院

大型话剧

情满草原

(本剧于2001年由西藏话剧团演出)

人 物

旺　扎　　　男，28岁，帮雄村村长。
梅朵玛　　　女，24岁，牧民。
诺尔桑　　　男，26岁，牧区生意人。
平　措　　　男，58岁，牧民，旺扎之父。
达　杰　　　男，71岁，牧民。
曲　桑　　　女，56岁，牧民，梅朵玛母亲。
罗　旦　　　男，40岁，乡支书。
鲁姆措　　　女，36岁，牧民，罗旦之妻。
琼琼玛　　　女，15岁，中学生，达杰之孙女。
次仁措　　　女，23岁，牧民。
罗　布　　　男，25岁，牧民。
赞　拉　　　男，28岁，外乡牧民。

群众、青年男女、解放军战士等若干。

第一场

时间 公元20世纪90年代,一个夏天
地点 帮雄村阿爸平措家新盖的小院

【悠扬的牧歌在草原上回荡。

一望无际的大草原。

蓝天、白云、雪山、牛羊、帐篷。

一座崭新的土木结构房子矗立在舞台的左侧深处。房顶上经幡随风飘动,门上挂着哈达,门前摆着一张藏式茶几,上面放着"切玛"等吉祥之物。

幕启。在欢快的音乐声中一些青年男女拿着各种庆典用的器皿,来回穿梭,好象很忙碌的样子。孩子们在草地上蹦蹦跳跳,嬉戏玩耍着。也有一些年轻人两两三三地围坐在一起打"色子"、跳"锅庄舞"。有的还在比赛摔跤。几个上了年纪的老人站在一旁,看着新建的房子互相议论着。

这时两头牦牛出来了。在鼓声中跳起了热情奔放的牦牛舞。两头牦牛一会儿在跳来跳去,一会儿又在互相斗角。人们分成两组进行助威。

正在热闹的时候,次仁措从里边出来,她大声地喊:

"喂！大家静一静……静一静！"

　　众人的眼光同时投向次仁措。

次仁措　（很神秘的样子）我给大家讲一个特大的秘密，想不想听……

众　想听……什么秘密？快告诉我们吧。

次仁措　真的想听？

众　真的！

次仁措　（卖关子）那我不告诉你们！

男青年　哎呦，你呀！卖什么关子。要讲就讲，不想讲就算了。还要我们求你不成？

次仁措　好了，好了。那我告诉你们吧。你们说说，阿爸平措为什么要盖这个漂亮的房子呢？

众　（不解其意，互相对视）为什么呀？

次仁措　不知道了吧。那我告诉你们，刚才他对我说，他正在准备给旺扎大哥办个热闹的婚礼！

众　噢！这倒是个新闻，那新娘子是谁呀？

次仁措　这我就不知道了。

众　（很失望）咳！你这是什么话嘛。不知道新娘子是谁，你这话等于白说了。

男青年　次仁措，你这不叫秘密！这样的秘密我可以告诉你一百个。明天我要娶媳妇，后天她要嫁人啦，大后天他要……

女青年　哎……那可不一样。阿爸平措他这么多年来辛辛苦苦地攒钱盖了这栋房子，容易吗？现在房子盖完了，给儿子娶媳妇，人家想过的是规规矩矩的日子。哪里像你？你像个野猫，只想抓老鼠！

男青年乙 阿爸平措准备给旺扎哥娶个媳妇，这事整个草原的人都知道，但是究竟要娶谁，这才是秘密。

女青年乙 我说，会不会是阿妈曲桑家的梅朵玛？

次仁措 我们俩想到一块儿去了，最近我发现他们两个整天像盐和茶一样溶在一块儿！

罗布 哎呦，你们这些娘们儿就是心眼多，怎么又注意起人家的行踪来了？

男青年 （问次仁措）莫非——你就盯上我们的旺扎哥了？

罗布 俗话说的好，"话不是问出来的，而是等出来的"，看看，今天次仁措露馅儿了吧。

次仁措 （脸变红）你胡说什么呀？（忙追打罗布）今天不把你的嘴用牛粪堵上，你会净说胡话！

罗布 好了，好了，别闹了。说实话，梅朵玛她呀，长得越来越好看了，我每次看到她，心里总有一股说不出的滋味。

次仁措 看看，你自己经盯上了人家梅朵姐了，还说我呢！

一个青年 （很无奈的样子）咳！年轻美貌的姑娘们呀！草原上野狼多，小心被它们叼走啊！

众 哈哈……

次仁措 嗨！你们这些臭男人真是不要脸！真像头不知羞耻的恶狼！

女青年甲 不过，旺扎哥要是娶了梅朵玛，还真会有人着急。

众 谁呀？

女青年甲 其实大家都知道，诺尔桑对梅朵姐爱得象野牛一样疯狂，他曾经在众人面前发过誓今生一定要娶梅朵玛为妻呢。

罗布　这么说来，我们可能要看到一场决斗了。

一个青年　梅朵玛她肯定会嫁给诺尔桑的。他家院子里停放着的是汽车，而不是马匹。他身上穿的是水獭皮衣，而不是羊皮袄。脖子上戴的全是九眼天珠，而不是玻璃彩球。

一个青年　那可不一定！旺扎他是人人称赞的草原汉子，再说他家现在盖了这么漂亮的一座房子呢。

一些人　会嫁给诺尔桑的……

另一些人　会嫁给旺扎的……

次仁措　（似乎发现了什么，机灵地做了个手势）大家别说了……你们看，谁来了？

【旺扎从房子里走出来，听到热闹声，旺扎走过来。

旺扎　这么热闹？大家在说些什么呀？

众　旺扎，我们在议论你家盖成了这么漂亮的房子。

男青年　旺扎，你真有本事啊！

女青年　旺扎哥，听说你盖这个房子是为了娶梅朵姐姐，是这样吗？

旺扎　你们可别瞎说，要是梅朵玛听到了这样的话，那多不好意思啊！

罗布　旺扎大哥，别不好意思嘛。你的心胸像草原一样开阔，你的品德像太阳一样明亮。你是我们草原上最勇敢的男子汉。而梅朵玛是草原上最美丽、最善良的姑娘，你们俩应该是天上的一对，地上的一双呀。

众　对，对……

旺扎　哎……大家别这么说，我才配不上她呢。再说，我盖这房子也不是为了娶媳妇的。

次仁措 那为了什么呢?

旺扎 我是想,我们草原的人再也不能住在千百年来不变的黑帐篷里了。所以想带动乡亲们改变改变生活的方式。

【这时从远处响起一声摩托车的马达声。大家的眼光不约而同地看那边。

诺尔桑骑着一辆崭新的摩托车上场。众人的目光都盯在他身上,他停好车,慢条斯理地从车上下来。

诺尔桑的穿着打扮还是牧民装束,但他好像半懂不懂地学起了城里人。他虽然头上戴着的是狐狸皮帽,胸前挂着的是金银珠宝和"九眼天珠"。但同时他还佩戴着墨镜和西装领带,庄重当中有些时髦。

众 (指着他的摩托车)哇……这铁骏马又是谁的?

诺尔桑 什么?谁的?哈……这是我新买的!

男青年 你不是有辆汽车吗?还买这个干什么?

诺尔桑 我们的草原这么大,闲的时候兜兜风,玩玩!

男青年 哇,好漂亮的车,让我骑一骑,好吗?(欲摸它)

诺尔桑 别碰!你以为这是草原上的野驴?这可值好几万块钱呢,碰坏了,你赔得起吗?

众 哇……这么贵啊……(惊讶)

一女青年 诺尔桑,你把我带上兜兜风,好吗?

诺尔桑 不行,这东西一跑起来,比豹子还快,如果一不留神它还会腾飞呢。你要是骑了,你的心脏准会从嘴里跳出来。

众 会有那么厉害吗?

诺尔桑 在我们草原上有资格坐这后座上的只有一个姑娘!

众 只有一个姑娘?是谁呀?

诺尔桑　这还用说吗？当然是我们草原上仙女般的姑娘，梅朵玛！

一女青年　我真羡慕梅朵玛！

一男青年　我恨不得自己也变成个美丽的姑娘！

诺尔桑　（拿一瓶白酒，对旺扎）旺扎，来，我这儿有上等的好酒，尝尝吧！

旺扎　我不会喝酒。

诺尔桑　啊啧，不会喝酒的也算男人？哈哈……（饮酒）

次仁措　诺尔桑，你也应该盖一座象旺扎家这样的新房子。

诺尔桑　（打量着房子）噢，这座房子？（他拿起脖子上的一颗宝石）你们看，我的这一个天珠，就能盖三四个这样大的房子呢。

【有些姑娘非常惊讶，也很羡慕。

旺扎　是啊，比起你的这一身珠宝，我的这小小的房子算得了什么呢？

诺尔桑　哎，梅朵玛今天怎么没有来呢？

次仁措　她家的牛丢了，她找牛去了。

诺尔桑　你们谁愿意帮我为她找牛，我就给一百块钱的工钱。

众　我去，我去！

诺尔桑　都跟我来！

【诺尔桑骑着摩托车潇洒地离去。

众青年追着他跑下。

旺扎一个人看着众人的背景，原地不动地站在那里，若有所思。

阿爸平措、阿妈曲桑、达杰爷爷等从房子里出来，她们指指画画地在说着什么，旺扎迎上去。

平措 （高兴地摸着胡子）我多年来的辛苦，就是为了这一天，这下旺扎他妈在天堂里可以安心了。哈……

达杰 平措啦，你能住上这么好的房子，是你的福气呀！

旺扎 达杰爷爷，以后你也可以住这样的房子的。

达杰 哎……我可没那个福气。

旺扎 作为村长，我保证以后大家都能住上比这更大更漂亮的房子！

曲桑 只可惜旺扎他娘去的太早啦。

平措 是啊！如果她还健在，看到这新房子，心里会有多么高兴啊！

曲桑 不过俗话说的好，"花虽然凋谢了，果子仍然留在人间"。旺扎他阿妈虽然走得早，可是她给你留下了这么好的一个儿子，你也应该感到庆幸。

平措 阿爸曲桑啦，有一件事，我一直憋在心里，不得安睡，这也是他阿妈生前没有实现的心愿。我想，在我有生之年一定要把它办好。

曲桑 平措啦，这个您不说，我也知道，是给旺扎娶个好姑娘，对吧？

平措 对呀，对呀，曲桑啦，您是怎么知道的呀？

曲桑 我们当父母的，心灵相通，我也一直为梅朵玛操这份心呢！

【旺扎欲说什么，又不敢说。平措心里好像也有话要说。

平措 曲桑啦……

【平措的话还没说出口，罗旦书记和鲁姆措手捧哈达上。鲁姆措怀有身孕。

鲁姆措把哈达献给平措和旺扎，并道祝福词。平措和旺扎表示感谢。

平措　哎呦！罗旦书记，您怎么亲自来啦？真不好意思。

罗旦　阿爸平措，你家盖了这么好的一座房子，我能不来庆贺庆贺吗？你也真是的，搞乔迁之喜，事先不给我通知一声！

平措　书记您是大忙人，是要干大事的人！我家盖了这小小的房子，实在不敢请您参加乔迁之喜。

罗旦　你这就不对了，我们草原上盖这么大的一座房子，这本身就是千百年来没有的大事。怎么能说是小小的呢？我这当书记的脸上也有光彩呀！（对众人）大家看看，阿爸平措把这座房子盖得多么漂亮，多么气派呀！

旺扎　书记，做为这个村的村长，我保证，用不了几年的时间，家家都能住上这样的房子。

罗旦　好样的！像个雪山的儿子，象个草原的汉子！我们牧民的后生该有这样的气魄！

达杰　在我们这一代人的生命中，草原上最大的变化莫过于游牧生活变成定居生活。

罗旦　是啊！如今这生活日新月异，真叫我这个当书记的高兴！

平措　记得小时候，经常把帐篷驮在牛背上逐水草而居，今天在这里安家，明天又在那里安家。

达杰　那个时候，我总以为，我们牧民生来就没有资格住房子。

曲桑　俗话说，"春天的天气三冷三热，人生的命运三喜三忧"。今天我们算是赶上好时候了！

众　（高兴地）哈……

旺扎　哎！大家还站着干什么，快到屋里去坐下谈吧！

众　好！

【旺扎、平措、罗旦、达杰、曲桑都进屋。

在一曲悠扬的歌声中梅朵玛挥动鞭子上场。

梅朵玛 （唱）天上有无数个星星，

但是最亮丽的还是圣洁的月亮。

人间有千百个汉子，

但我心中的英雄只有格萨尔王。

【她看到旺扎家的新房子，喜出望外。

梅朵玛 （自言自语）这座房子真像个草原上的宫殿……旺扎哥啊，旺扎哥……你真了不起……

【她左看右看，趁旁边没人情不自尽地又唱了起来。梅朵玛正如痴如醉地唱着，旺扎悄悄地出现在她的背后。

旺扎 （等梅朵玛唱完）梅朵玛……

梅朵玛 （羞涩地）噢，旺扎哥……是你，你怎么在这儿？……我……你……

旺扎 梅朵玛，你怎么啦，你刚才唱得很好，再唱一首吧。

梅朵玛 不……我唱得不好，你别取笑我。

旺扎 不不，你唱得跟百灵鸟一样动听。

梅朵玛 哦，我的牛不见了，我要走了。（欲下）

旺扎 梅朵玛，你等一等，你阿妈在我家里，你也到屋里去坐坐吧。

梅朵玛 旺扎哥，你把这房子盖的好漂亮。

旺扎 只可惜，缺了一个女主人。

梅朵玛 你指的是你已故的阿妈？

旺扎 不，我是说将来的女主人。

梅朵玛 是吗？

旺扎 梅朵玛——

梅朵玛 （梅朵明白旺扎的意思）旺扎哥，我——

【梅朵很不自在的样子。

这时救星来了。诺尔桑跨着大步上场。

诺尔桑 梅朵玛，原来你在这儿！我到处找你！

【见诺尔桑过来梅朵玛更不自在。

梅朵玛 我的牛不见了，我要找牛去。

【梅朵玛吹着口哨，急匆匆地下。

诺尔桑 梅朵玛，等一等，我有话要跟你说。（他欲追梅朵玛，又止步，回头）旺扎，我听别人说，你盖这座房子，是为了娶梅朵玛为妻，是这样吗？

旺扎 随你怎么想，不过这种事情不是我说了就成的。

诺尔桑 那好，我明着对你说好了，你以后别再打梅朵玛的主意了，因为有人已经看上她了。

旺扎 哈……我觉得这事得看她自己的意思，也许你我都沾不到边儿。

诺尔桑 善战的猎手，岂能让套上圈的小鹿跑掉？我诺尔桑已经发过毒誓，不达目的，我是绝不会罢休的！你要知道，梅朵玛是这方圆几百里的草原上最美丽、最贤惠的姑娘，她应该跟一个真正的草原汉子成亲！

旺扎 我不觉得自己不是真正的草原汉子。

诺尔桑 我并没这么说，不过我想我们两个应该寻个日子，比个高低。

旺扎 比高低？哈哈……你想比什么？

诺尔桑 古人留下来的老规柜，比剑术、比马术、比酒量、比财富……比什么都行。

旺扎 要是你输了呢？

诺尔桑　那我就把梅朵玛让给你。

旺扎　哈……你难道不明白现在是什么年代？现在再也不是我们爷爷、奶奶他们的时代了！现在恋爱婚姻自由，男女平等，她愿意嫁给谁，就嫁给谁。

　　【这时梅朵急匆匆地上，后面跟着腰插长刀、袒露右臂的赞拉。随后众青年也陆续上来。

梅朵玛　旺扎哥，诺尔桑他……他要打架……

　　【梅朵玛还没说完，赞拉把她推到一边，右手握住刀把，用鄙视的眼神看着众人，然后来到旺扎跟前。

赞拉　你是村长吗？

旺扎　是的，你有什么事？

赞拉　（抽出长刀）今天不给你们点儿颜色看看，你们老是想在别人头上撒尿！

　　【赞拉挥刀向旺扎冲去，旺扎忙避开。

旺扎　这位大哥，究竟为了什么事呀？

赞拉　别装糊涂！昨天你们的牛踏进我们的草场，难道你不知道吗？

旺扎　噢，原来是为了这个事情。不过为了那么点小事，至于动刀子吗？

赞拉　你别把这当小事，你们的牛踏进我们的草场，这本身就是很严重的事！

旺扎　这位大哥，事情没有这么严重。你说个价，我们照价赔你就是了。

诺尔桑　（嘲笑旺扎）哈……男子汉耍什么贫嘴，让刀子去说。（拔出长刀对赞拉）喂，小子，看看你的刀磨得快不快，我从不在对手面前沾半点儿便宜。

【赞拉怒吼一声，冲向诺尔桑。

俩人比试两下，不分上下，互相对峙。

诺尔桑　寻死的羔羊送上豺狼的门来，哈……如果你不想死，就快快收起你的武器，亲亲我的靴子吧！

【众青年助威。

赞拉　（怒气冲天）今天老子非剥了你的皮不可！

【赞拉怒吼着冲向前面，欲把长刀刺进诺尔桑的胸膛。

旺扎　（忙插入两人中间，一把抓住赞拉的手）住手！

【两人这下才收刀。

旺扎　再怎么样也应该讲道理嘛！为了这么点儿事情，至于你死我活吗？

赞拉　牛羊是我们牧民的命根子，草场是牛羊的命根子，所以，草场上的事再小也是大事！

旺扎　草场是牧民的命根子，这没错，可是我们总不能为了草场上的纠葛，代代不得安宁。过去我们草原上，为了草场的纠纷，酿成了许许多多的惨剧，现在可不能继续下去呀！（劝赞拉）这位大哥，你还是先回去吧。过几天我亲自到你们村里找你商谈。

赞拉　（看到他们人多势众，知道自己不是他们的对手，准备回去。他走了几步又回头，对旺扎和诺尔桑）这笔账，我今后一定要算清楚！（气势汹汹地下）

【这时幕后传来琼琼玛清脆的喊声。

琼琼玛高兴地上。

琼琼玛　爷爷！（跑向达杰）

达杰　孩子！

琼琼玛　爷爷，你看！（她把录取通知书拿出来）爷爷，我考上县中学了!

旺扎 （高兴地）好妹妹，快给我看看！

【众人围看通知书，大家互相传看。

梅朵玛 好妹妹，你将成为我们村的第一个中学生啦。

达杰 （激动地）孩子，过来，让爷爷亲亲你。

罗旦 孩子，以后你要好好学习，将来我们草原的建设就要靠你们这些有文化的新一代了。

曲桑 看到你们这些年轻人赶上了好时光，我真想从头活一回！

罗旦 来，拿酒来！今天一是阿爸平措家的乔迁之喜，二是达杰爷爷的孙女考上中学，真是双喜临门！我们草原的人应该好好庆祝一下！

【梅朵玛和几个姑娘给众人敬酒，阿妈曲桑把一条洁白的哈达献给琼琼玛。

罗旦 （举杯）来，我们草原上今天有了像旺扎、梅朵玛这样勤劳、孝敬的青年，又有了像琼琼玛这样有文化的新一代，我看我们草原的兴旺指日可待！来，我敬大家一杯，大家干杯！

【众举杯满饮。

——幕落

第二场

时间 初冬

地点 罗旦书记家的院子里

【舞台左侧是个简陋的院子，院子一角露出一栋比较老旧的土木结构的房子，房门对着观众。舞台右侧的角落里有一座玛尼堆，上面插着五彩的经幡。

幕启：悠扬的牧歌从远处隐约传来，时断时续。

院子里梅朵玛正在为鲁姆措梳辫子，鲁姆措的身孕更明显。

梅朵玛 鲁姆姐，罗旦书记怎么还不回来呀？

鲁姆措 昨天他说了，这次会议很重要，恐怕今天不能回来了。

梅朵玛 罗旦书记也真是的，家里老婆身体都这样了，也不来照顾照顾。

鲁姆措 我不怪他。谁叫他是咱们的支书呢？

梅朵玛 可支书也是人呀，丢下怀着身孕的妻子不管，难道当支书的都要无情无义吗？

鲁姆措 好了，好了，别说这些了……哦，对了，梅朵，你现在考虑的怎么样啦？

梅朵玛 考虑什么？

鲁姆措 明知故问。你说说,你究竟喜欢旺扎,还是喜欢诺尔桑?

梅朵玛 哎哟,鲁姆姐姐,你就不能说些别的吗?

鲁姆措 对于女人来说,没有比男人更有趣的话题了。我觉得,他俩都不错。

梅朵玛 是啊,旺扎他正直、能干、孝敬……诺尔桑呢,勇敢、帅气、富有……可他有时候确实也很蛮横不讲理。

鲁姆措 哎,人们都说我们草原上的男人是驯不了的野牛,既然是野牛嘛,有时候也免不了撒野、发疯。

【这时台右的经幡处出现了达杰、平措、曲桑等几位老人,他们一边转着玛尼堆,一边磕头祈祷。

罗旦书记背着行李风尘仆仆地上,

鲁姆措 噢,你回来了?

梅朵玛 噢,书记,你总算回来了!我以为你为了工作,把有身孕的妻子忘得一干二净呢!

罗旦 是啊,是啊,好妹妹,多亏了有你在这儿照顾她。

鲁姆措 我以为你今晚不能回来了呢!

罗旦 鲁姆,我对不住你,事情多,总是脱不开身。(对梅朵玛)噢,对了,梅朵,你快去叫一下旺扎,说我有要紧事要跟他谈。

梅朵玛 好的……(梅朵玛下)

罗旦 (从包里拿出些东西)鲁姆,这是你最喜欢吃的糖果,我从县上买的。还有这些,医生说吃了这些东西对孕妇、胎儿都有好处。来吃一个吧……

鲁姆措 (深情地望着罗旦的脸)罗旦,你瘦了,瘦得像一只冬天的羊羔。

罗旦　能不瘦吗？这几年草原上自然灾害频频发生，什么地震、旱灾、鼠灾……咳，太多了！我身为乡支书不能不管那些事，结果……受苦的是你。

鲁姆措　我不怪你，要怪，就怪老天爷没长眼睛，偏偏折磨我们这些老实巴交的牧民。

罗旦　哦，对了，我们的孩子快要出生了，给他取什么名字好呢？（来回走动）让我来想想……

鲁姆措　你想这个干什么？难道你不知道在我们藏族的习俗里，孩子出生之前取名字是不吉利的吗？

罗旦　是啊，这我知道，可我心急呀！我活了大半辈子，第一次有了自己的孩子，能不急吗？

【深情的音乐响起，鲁姆措把罗旦身上的灰尘拍了拍，罗旦把鲁姆措的头发理一理，俩人深情地互相疑视，双方虽然心中有说不尽的话，但嘴里一句也讲不出来。

这时梅朵玛带着旺扎急匆匆地上。

梅朵玛　罗旦书记，我把旺扎哥叫来了！（罗旦一见旺扎，似乎又忘记了妻子怀孕的事情）

罗旦　噢！旺扎，过来。（把旺扎拉到一边）是这样的，昨天从县里传达了自治区气象局的紧急通知。说这几天会有特大的暴风雪，要我们做好防灾的准备工作。西部一些地区昨晚已经下了大雪，所以我们要赶紧准备。

旺扎　那我们明天在村里召集个会议吧。

罗旦　明天？不行！这风雪说来就来，最好现在马上行动！

旺扎　这么急？

罗旦　你怎么不明白呢？这老天爷可是说来就来的！

旺扎　（有些担心）哎呀，怎么办呢？我们的放牧人员还在夏季草场上，牲畜还没屠宰，粮食也没有交换，柴禾储备也不够，这突如其来的灾害真叫我们措手不及呀！

罗旦　你马上打好行装，到各放牧点去送通知，叫他们把牲畜连夜赶回村里！

旺扎　我们的放牧点那么分散，一点一处地去通知，明天后天也走不完呢。

梅朵玛　罗旦书记，要不我们求诺尔桑，请他骑摩托车帮我们送通知。

旺扎　这样最好不过了，但是我知道诺尔桑他不喜欢听别人的使唤，不知他肯不肯帮我们？

梅朵玛　这个任务交给我吧，我去求他。

【梅朵玛下。

罗旦　旺扎，这里的事情拜托你了，我还要到其他村里去安排工作。

鲁姆措　先喝碗热茶吧，你光顾着说话，口都干了。（鲁姆措从屋里拿出一碗热气腾腾的酥油茶，递给罗旦）

【鲁姆措准备把罗旦的行装拿到屋里去。

罗旦　鲁姆，别把行装拿过去，快给我加点糌粑和干肉，我这就出发！

鲁姆措　怎么？家门也不进就要走了？

罗旦　别啰嗦了，你快点呀……（对旺扎）旺扎，这里全靠你了，等我回来，我们再做详细的安排。

旺扎　书记，你就放心吧，既然大家把我推举为村长，我会好好干的！

罗旦　旺扎，有了你这样的好村长，我真的很放心。

【这时鲁姆措把糌粑和干肉拿出来，装进包里，罗旦背起包准备远行。

罗旦　（走了几步又回来）鲁姆措，你要保重，你这身子……我实在放心不下。

鲁姆措　（望着罗旦很关心地）刚回到了家，又要出发……

罗旦　咳，我是乡支书，我不能只顾自己的家呀！

【俩人依依惜别。

鲁姆措　（看着远去的丈夫，大喊）你自己多多保重！

旺扎　书记，你就放心去吧，这里有我！（看着旁边流泪的鲁姆措）鲁姆姐姐，你快回屋吧，你这身子不能着凉。

【鲁姆措进屋。旺扎急匆匆下。

早已在一边探听的阿爸平措和达杰爷爷等几个老人听到了旺扎和罗旦的谈话，开始议论起来。

平措　达杰爷爷，你知道他们在说什么吗？

达杰　平措啦，他们在谈什么呀？

平措　刚才书记和旺扎好像在说，这几天可能要下大雪。

达杰　下大雪？

【几个老人议论纷纷。

平措　说起下雪，我一下子就想到了50年前的那场大雪灾。

达杰　（若有所思地）看来我的预感，也并不是年老的糊涂。

平措　（不解）噢……

达杰　最近我的左眼皮总是在跳动，昨晚我看了星象，是有些异常啊！

曲桑　（很惊讶）怪不得最近半夜里，山上的野兽总是发出一些非常古怪的声音。

平措　（对天祈祷）菩萨保佑，不要让我们再看到50年前的那种灾难。

【曲桑等人也随即磕头，祈祷。

达杰　我们牧民的生活刚有点起色，会不会又……咳……

平措　50年前的那场雪灾，那时我虽然还小，但记忆犹新呢，那个凄惨，简直是人间地狱呀！

曲桑　听我阿爸说，那是一次百年不遇的大雪灾，整个羌唐草原被埋在雪底，牲口无一幸免，有些地方除了狗和狼，再也没有生灵。

达杰　是啊，那次雪灾确实死了好多人，惨啊！真是太惨了！人没有粮吃，牲畜没有草吃，部落之间，为了生存互相打斗……

平措　是啊！就在那次打斗中，我那慈祥的父亲死在了别人的刀下……

曲桑　（祈祷）菩萨保佑，菩萨保佑，别再让灾难降临到我们头上。

平措　看到今日的草原这么幸福，我真不希望再发生那种惨剧。

达杰　大自然向来是我行我素，从不为我们的苦难所动啊。

平措　有的时候我真觉得老天爷是不公平的，总是折磨我们这些善良的牧民。

曲桑　也许因为这几年我们的后生们挖了虫草、杀了神鹿，触怒了神灵。

达杰　我早已经说过，走富裕道路虽然很好，但也不能欲望太大了。可他们就是不听。你们看，现在神开始生气了！

平措　达杰爷爷，我们该怎么办才好呢？

达杰　（来回走动，想来思去）平措啦，曲桑啦，你们快回家，赶紧准备准备祭神的东西，我们连夜去拜神湖、求神山。

平措　为了草原的安宁，我们只有求神求佛。

达杰　神灵的惩罚说来就来，我们马上动身吧。

平措　好的！（急匆匆地下）

曲桑　（有些慌张）达杰啦，我该做什么呀？

达杰　你也一样，我们一块儿去！

曲桑　是，是……（准备下）

达杰　哦！对了，曲桑啦等等……

曲桑　什么事？

达杰　遇见老乡，告诉他们，如果家里有虫草和麝香之类的东西都拿出来，我们要还给神灵。

曲桑　是，是……

【老人们各自急匆匆地下。

梅朵玛气急败坏地上，诺尔桑紧随其后。

诺尔桑　梅朵玛，等等我！别生这么大的气！这么漂亮的一个姑娘，生起气来，那多不好看呀！

梅朵玛　我这不是生气，我是着急！

诺桑　你着什么急呀？这又不是你一个人的事情！

梅朵玛　诺尔桑，我求求，你骑车帮我们送通知好吗？

诺尔桑　我说过了，如果是你自己的事情，你叫我上刀山，下火海都行。可是，为了旁人的事情……我可没有那个工夫。

梅朵玛　就算我求你，行不行？

诺尔桑　梅朵玛，你这么为别人着急，可谁会为你着急呢。再说了，我的那批货准备明天早上送到拉萨去，如果真的下了大雪，封了路的话，那我的损失可就大了啊。

梅朵玛　你的那点损失比起全村的损失算得了什么？如果大雪真的下了起来，那我们整个草原的人都得要受灾呀！

诺尔桑　梅朵玛，你心眼太好了！也许这是你很少出草原的原因。你出去看看外面的世界，现在还有几个人不是为了自己着想的？

梅朵玛　诺尔桑，我最后一次求你。

诺尔桑　好吧，我可以答应你。不过，你也要答应我一件事。

梅朵玛　什么事？

诺尔桑　你嫁给我吧。只要你答应，那我什么事都听你的！

梅朵玛　诺尔桑，这个时候，你居然还有心思说这种话？！

诺尔桑　梅朵玛，答应我吧。如果你答应了我的求婚，那我一定把你当仙女供奉。

梅朵玛　诺尔桑，你……你怎么这样趁人之危呢？

诺尔桑　梅朵玛，你快答应吧。如果你答应了，我今天就把你带到拉萨去过冬。要是雪灾真的来了，那你会跟其他人一样受苦的，你是我心中的白度姆，我不能让你受半点委屈。

梅朵玛　要去你自己去，我可没工夫跟你瞎扯！

诺尔桑　梅朵玛，别耽误时间了，今天不走，明天下了大雪，就真的走不出去了。

梅朵玛　诺尔桑！你别这么自私自利好不好？我们牧民头上顶的是万物之母的太阳，人可以在太阳底下发财，心却不能在太阳底下发霉呀！

诺尔桑　梅朵玛，你……

　　【诺尔桑摇摇头，无奈地下场。

这时前方传来平措、达杰等人的声音。他们肩上扛着祭拜神灵用的五彩经幡，身上背着行囊上。

梅朵玛　阿爸平措、达杰爷爷，你们这是干什么去？

平措　我们准备去拜神湖、求神山！

梅朵玛　你们别走！你们知道吗？县里有通知，说这几天可能会有暴风雪，你们这样出远门多危险呀！

平措　我们知道了，所以我们去求神拜佛。

梅朵玛　既然你们知道了，那你们应该去防灾，去拜神干什么？

达杰　你知道吗？要是灾难真的来了，那我们渺小的人怎么也抵挡不过的。只有至高无上的神才能够抵挡住。所以，求神要紧。（对众人）走，我们赶快走，别听他们年轻人的！（老人们下）

【梅朵玛怎么也拦不住他们只好无奈地望着他们的背影，祈求他们平安。

——幕落

第三场

时间 离前场一天之后

地点 山坡上

【大风呼呼地刮着,漫天飞雪,一场罕见的暴风雪正笼罩着整个大地。

幕启:梅朵玛、次仁措、罗布等顶着暴风雪在山坡上赶着羊群前进,大风刮起,她们前进两步,被风雪吹退一步。

梅朵玛 (大声在喊)一只羊都不能失散……

【梅朵玛在风雪中赶着羊群艰难地行进。

次仁措 梅朵姐姐,小心点儿,风很大!

【旺扎等人冒着风雪迎面而来。

旺扎 牛羊怎么样了?

次仁措 旺扎哥哥,刚才过前面山坡的时候好多牛羊被风吹掉悬崖去了。

梅朵玛 这风雪实在太大,我们怎么办呀?

旺扎 尽量别让羊群失散。

【暴风雪越来越大。

人们顶着风雪艰难地赶着羊群前进,梅朵玛被风雪吹倒，旺扎赶紧跑来扶她起来，他们继续护着羊群前进。灯光慢慢暗转，音效也逐渐变弱，最后一切变得安安静静。少顷。等灯光再亮的时候，大地完全被雪铺盖，整个草原白茫茫一片。细看，在白色的世界下面露出许多黑点，那是牛羊的尸体，显得特别凄凉。

风虽然已停住，但雪花还在飘着。

一曲忧伤的音乐中，阿爸平措抱着一只小羊羔的尸体，迈着沉重的步子上场。他把小羊羔的尸体放在高处，深情地看着，然后慢慢地跪在地上，双手合起，开始祈祷，磕头。

平措　高居天上的神灵，请你们睁开眼睛看看吧，我们牧民一辈子为你们烧香、点灯、磕头，丝毫不敢冒犯你们，可你们为什么偏偏给我们这样的惩罚呢？是为什么呢？为什么呀？（头碰雪地失声痛哭）

【旺扎等几个青年人上场。

旺扎　（慢慢扶起平措）阿爸，不要难过……

平措　（慢慢起来，看看周围，痛苦地）你们看，幼小的牲畜都已经完了，再过几天，恐怕……

【平措又一次地跪倒在地。

旺扎　阿爸，别难过，政府一定会想办法帮助我们的。

阿爸　这么厚的积雪，谁还能过来呢？

旺扎　（嗓子有些干了）阿爸，只要我们团结一心，咬紧牙关，一定能渡过这个难关。

【远处传来羊叫声。

平措　别叫，别叫，阿爸给你们弄吃的去……

【平措欲下。

旺扎 阿爸，你到哪去？

平措 我要给牲畜弄吃的去……（平措下）

【这时罗布背着达杰爷爷上。次仁措随后。

罗布 旺扎哥……

旺扎 罗布，你爷爷怎么啦？

次仁措 旺扎哥，达杰爷爷把自己的衣服脱下来盖在牛羊身上，他自己在雪地里快要冻僵了。

【达杰爷爷全身颤抖，嘴里不停地说着"快把我放下，快把我放下……"，罗布把他放下。

达杰 还是让我去盖我的牛羊吧。（欲脱下衣服）

旺扎 达杰爷爷，别这样，你自己要紧，你看你自己成什么样子啦。

达杰 我这把老骨头，死就死吧！我不忍心看着我的牛羊冻死呀！

旺扎 达杰爷爷，我理解你的心情。保护牲畜虽然很重要，但人才是最重要的！

梅朵玛 对，爷爷，旺扎哥说的对，人才是最重要的！

众人 对……人才是最要紧的！

【这时，阿爸平措背着青稞袋上。

旺扎 阿爸，你这是干什么？

平措 你没听见牛羊饿的一直在叫吗？

旺扎 不，阿爸！青稞一定要留给人吃，千万不能喂给牛羊。

平措 可是我们的牛羊空着肚子，已经有几天几夜了。我不忍心它们一个一个地在我眼皮底下饿死！

旺扎 阿爸，我理解你老人家的心，可是在这么大的雪灾面前我们不能断粮，不能浪费一粒粮食！

梅朵玛 是啊，阿爸平措，这么严重的灾情面前一定要保障我们的口粮。

次仁措 阿爸平措，他们说的对，只要保住人，牛羊以后还会有的。

【一个青年人抱着一只母羊的尸体上。母羊身上的羊毛大部分都没了。

青年人 你们看，你们知道这是怎么回事吗？

众 （忙去看）怎么？母羊身上的羊毛都哪儿去了？

平措 （忙去抱着母羊，深情地把脸贴在羊身上）这只母羊为了不让小羊羔饿死，把自己身上的羊毛一口一口地撕下来，全喂了羊羔了。

青年人 结果小羊羔没保住，它自己也活活冻死了。

【在场的所有人一个接着一个地抱着母羊的尸体。

梅朵玛 （抱着羊）原来畜牲也有这么深的母爱呀！

平措 我生在草原，从小跟牛羊一起长大，我了解它们，别看它们不会开口，其实它们有它们自己的表达方式。人世间的生灵都是一样的，它们也觉得出冷暖，辨得出饥饱，识得出善恶，分得出亲疏……它们也是有父辈儿女的生灵啊！

【众人难过，牛羊的叫声又传来。

平措背起青稞袋，欲下。

旺扎 阿爸，你不要把青稞喂给羊吃好吗？

平措 我宁愿自己饿死，也不忍心看着牛羊饿成那样子！

【旺扎把青稞袋抢过来。

旺扎 阿爸，青稞喂了牛羊，那人吃什么？

平措 （生气地）你给我，快给我！

【平措欲把青稞袋子夺回来,但旺扎不给。

平措 （厉声地）你给不给?牛羊正在饿死,你给不给?

旺扎 不给,就不给!

梅朵玛 阿爸平措,你就听旺扎哥哥的吧,灾情越来越严重,为了渡过这个难关,我们需要节约粮食。

平措 可是我们牧民没有了牛羊,活着还有啥意思呀?

【平措哭丧着脸,跪在雪地上。

一个青年 你们看,谁来了!

众 罗旦书记!

【罗旦风尘仆仆地上。

罗旦 乡亲们,情况怎么样?

旺扎 书记,情况很严重啊,牛羊死了特别多,生病的人也越来越多。你看,我阿爸他……

罗旦 阿爸平措,跪在这儿干什么?你快起来,谁惹你生气了?

梅朵玛 阿爸平措想把青稞喂给牛羊,可旺扎哥他不让喂。

罗旦 哦,原来是这样!平措啦,现在灾情越来越严重。保护牛羊虽然很重要,但牛羊能够保住多少就多少,现在最重要的是保住人!上面有明确的指示,救灾物资到位之前,一定要想尽一切办法保住咱牧民的生命,不能冻死、饿死一个人,这是铁的准则!只要有了人,任何的事情都好办,只要有了人,我们才会有重建家园的希望!

众 对,对……罗旦书记说的对!

【这时一个女青年从远处大声喊着:"达杰爷爷……"急上。

女青年 琼琼玛,琼琼玛不见了!

达杰　怎么？我的孙女……

　　【达杰爷爷愕然地倒下。

　　众人的目光同时投到达杰爷爷身上。

众人　达杰爷爷，爷爷！

——幕急落

第四场

时间 两天之后

地点 旺扎家

  【在一曲忧伤的音乐声中,旺扎正在砸雕刻精美的柜子、桌子等家具。

  罗布等几个青年人进来。

罗布 旺扎哥,达杰爷爷病的很重,他好几天没吃没喝了……

青年乙 达杰爷爷说找不到琼琼玛就不吃不喝。

旺扎 有琼琼玛的消息吗?

罗布 还没有,大家认为她可能回学校去了。

旺扎 这么大的雪,她一个小孩子怎么能回得去呢?

青年乙 可怎么办呀?

旺扎 别再犹豫,你们再去找,一定要把她找回来!

  【曲桑和梅朵玛上。

曲桑 (对青年乙)康钦,琼琼玛找到了没有?

青年乙 阿妈曲桑,你们别担心,我们正准备再去找她。

曲桑 (从怀里拿出糌粑袋)这个你们带去,这是我家仅剩的一点糌粑,你们在路上吃。

罗布 不,阿妈曲桑,这糌粑你留着吧。我们不饿,真的不饿。

众青年　是啊,我们不饿。

曲桑　不行,这个你们一定要带去,你们这一出去说不准什么时候能够回来,所以你们一定要带去。

【这时阿爸平措拿着一瓶白酒,从里屋走出来。

平措　你们把这瓶酒带上,在路上喝吧,可以驱寒保暖。

旺扎　阿爸,这酒你是从哪儿弄来的?

平措　你还记得吗?几年前,一位从内地来的汉族画家,到我们这儿来画画,结果被山头的狼给咬伤了。后来他在我们家养伤,临走的时候就给了我这瓶酒,但我一直舍不得喝。今天你们把它带走,据说这酒劲大,喝了可以暖身子,你们一定要把琼琼玛给我找回来!为了达杰爷爷,为了草原的明天,一定要把她找回来!

【青年们接下酒和糌粑,深情地流下泪水。

罗布　好,好。我们一定把琼琼玛找回来。你们放心,我们一定能够找到她的!(对众青年)走!(罗布带着青年们下)

旺扎　阿爸,阿玛曲桑啦,你们到屋里去吧。这儿特别冷。

【阿爸平措和阿妈曲桑进里屋。

旺扎把砸碎家具的木料,用绳子捆扎成几个柴禾担子。

梅朵玛上。

旺扎　梅朵玛,你来得正好。快给我帮帮忙。

梅朵玛　(把木料拿在手上,仔细打量,很惊讶地)旺扎哥,你怎么把这么精美的家具都给砸碎了?

旺扎　没柴禾烧,只能这样。你快去把这捆柴禾送到宗巴大妈家去,她们家已经两天没柴禾烧了。

梅朵玛 其实，现在村里大部分人家都已经没柴禾烧了，各家的牛粪也几乎都烧完了，现在很多家庭把能烧的都已经烧完了。什么胶鞋、旧被褥、旧家具都烧了，有些人家甚至在烧牛羊的骨头呢。

旺扎 这场雪灾来得太突然，我们还没来得及储备过冬的燃料，它就来了。也怪我们自己事先没有预料到会有这种灾害。

梅朵玛 旺扎哥，你知道吗？有一户人家，平时最富有，可是现在跟大家一样没柴烧。

旺扎 谁？

梅朵玛 诺尔桑。

旺扎 诺尔桑？他不是跑到拉萨去了吗？

梅朵玛 没有去成。前面的路一夜之间被雪封住，车辆无法通行，他半路上丢下车子，徒步回来了。

旺扎 他家不应该没有柴禾烧。

梅朵玛 他的富有，全是金银珠宝，平时根本不储备柴禾，需要的时候就花钱买。他认为有了钱，什么都可以买到，可现在到哪儿去买呀？现在他的金银珠宝再多也跟石头没什么两样。

【旺扎左看右看，看到自家装衣服用的木箱，于是他把衣服全都倒在地上，把箱子交给梅朵玛。

旺扎 梅朵玛，把这箱子给诺尔桑送去，叫他当柴禾烧。这么冷的天，没柴烧怎么行呢？

梅朵玛 （有些感动）旺扎哥哥……你……太好了！

【梅朵拿着柴禾欲下。

旺扎 梅朵……

梅朵玛 （回头）啊，还有什么事吗？

旺扎 梅朵，这几天你瘦了很多了，天这么冷，你要多保重。

梅朵玛 （感到无比的温暖，百感交集不知说什么好）你也多保重……

【两人内心里藏着太多太多的话，但始终难以开口，梅朵依依不舍，轻轻地打了个手势。

音乐中旺扎深情地望着梅朵玛的背影。

次仁措急匆匆地上。

次仁措 旺扎哥，达杰爷爷病得很厉害，他全身都在发抖。家里也没有多少柴禾烧，怎么办？

【次仁措的话没说完，另一个青年人上来。

青年人 旺扎哥，你家有柴禾吗？我家奶奶快冻僵了，她蜷缩在墙角里，已经整整两天没说一句话了，这可怎么办呀？

【青年人的话音刚落，一个中年妇女哭丧着脸上来。

妇女 旺扎，快帮我弄点柴禾吧！我家孩子们两天两夜没有喝上热茶，现在冻得直哭，快帮帮忙，救救我们一家吧……

【旺扎面对着眼前的一切，束手无策。

旺扎 大家别这样，坚强起来好吗？别像刚生下来的小羔羊，我们牧民一向是跟雪莲一样坚强的，只要大家能再坚持三天，县里的救灾物资就到了。

次仁措 没有柴禾的情况下，别说三天，就是三个小时也难以熬下去呀！

青年人 是啊，现在对于我们来说，每时每刻都有冻死的危险。

妇女　（哭声更大）快救救我们吧……

【旺扎无奈之下扬起头，打量着自家的房子，这时他的脑子里正在做着一个艰难的抉择，经过一番思想斗争，最后他下了决心。

旺扎　大家不要担心，有了，我们有救了……

众　什么？有什么办法？

旺扎　快拆掉这栋房子！

众　什么？拆房子？

旺扎　快，快把房顶拆了，把木料取下来！

青年人　不，你不能拆房子！你家盖这房子多不容易呀！

次仁措　这房子是你的新婚房，你不能把它拆了！

青年甲　这栋房子是我们草原上的一颗明珠，是我们牧民富裕的象征，你不能拆！

旺扎　别管那么多了，快去叫人来，把房子拆了！

【他们正争论之时，梅朵玛上。

梅朵玛　你们这是在争什么？

次仁措　梅朵姐，旺扎哥为了大家有柴禾烧，想拆掉房子。

梅朵玛　（走到旺扎跟前）旺扎哥，眼下虽然有这么大的困难，但你也不能把辛辛苦苦建成的新房拆掉呀。我们草原上不长树木，咱们牧民盖一间房子是多不容易呀！

旺扎　俗话说，"饿时不能充饥肠，头枕糌粑如灰土"，现在寒冷象恶魔一样正威胁着大家的生命，要是没有柴禾烧，我们很难渡过这个难关的。

【这时，诺尔桑出现在门口，但他不敢进去，在门口来回徘徊。

里屋的阿爸平措闻声走出。

平措 你们这是在干什么？

次仁措 阿爸平措，旺扎阿哥看到大家都缺少柴禾，想把你们家的这栋房子拆掉……

平措 （感到很意外，厉声对旺扎）什么？你这是疯了吗？！

旺扎 阿爸，现在大家急需柴禾，如果没有柴禾，大家就只有冻死。阿爸你就成全我吧！

平措 （生气地）今天就算把我这把老骨头当柴烧，我也不能让你拆掉这房子！

旺扎 阿爸，我求求你啦……

【旺扎跪在地上，忧伤的音乐起。

灯光暗转，舞台分成四个光区，在每个光区里分别出现平措、旺扎、梅朵玛、诺儿桑。他们各自诉说着自己的内心独白。

平措光区亮。

平措 （独白）孩子，你知道你阿妈临死的时候怎么嘱咐我的吗？她说，老头子，我不行了，我不能亲手为我们的孩子操办婚礼，你一定要早一点把新房盖好，在新房子里给孩子举办一个热热闹闹的婚礼……为了盖这栋房子，你阿妈她多少年来吃了多少苦，受了多少累……在草原上木材是稀缺的东西，这些木材来之不易，每根木头都是从很远很远的地方一根一根地驮在牛背上运来的。那时，你阿妈的病情已经加重，可是为了买木材，她从来舍不得花钱去买药看病。记得那天，最后一根木头从牛背上卸下来，你阿妈强忍着疼痛，面带微笑地拉着我的手说，他阿爸，全靠你了……然后慢慢地倒下，从此再也没有起来。

【平措光区灭，旺扎光区亮。

旺扎 （痛苦地跪在地上，向天呼喊）阿妈，待我恩重如山的阿妈，我这个不孝的儿子无法报答你的恩情，如果你在天有灵，就看看这曾经充满欢笑和幸福的草原吧！我知道，你曾经为了这栋房子受苦受累，为了盖这栋房子吞下了无数的苦泪，你把一切的心血都放在这栋房子上。如果我拆掉了这栋房子，那就是毁了你的一切希望，我知道这是对你多大的不孝呀……（旺扎心如刀割，泪如泉涌）今天，我们草原上遭受了百年不遇的灾难，为了乡亲们能渡过这个难关，我只有这样做了，你就原谅了我吧！

【旺扎光区灭，平措光区又亮。

平措 （跪在地上）他阿妈，你在天之灵听到了吗？我没能为我们的孩子办成婚礼，我对不起你！儿子为了帮助乡亲们，要拆掉这栋新婚房子，儿子是没有错的。你给我说说，我应该怎么办呀！

【平措光区灭，旺扎光区亮。

旺扎 （坚定不移地）阿爸，我知道，拆掉这房子意味着毁了我阿妈的心愿。可是雄鹰没有在天上翱翔时打盹的习惯，在这么大的灾情面前我不能不管乡亲们！我只有拆掉这房子！

【旺扎光区灭，梅朵玛光区亮。

梅朵玛 阿爸平措，你别怪他，他做得对！你应该为有这样的儿子而感到骄傲。既使没有这个房子，你仍然是草原上最富有的，因为你有这样优秀的儿子，这就是你的财宝，也是我们牧民的财富。俗话说，"是金是铜，只要放在熊熊的烈火中,就能见真假"。经过这场雪灾我明白了,你就是我心目中的英雄,你就是我梦中的草原汉子!(突然跪倒在地)旺扎哥,如果你接受,我愿做你生死与共的终身伴侣,为你生儿育女……

【旺扎光区亮。

旺扎　梅朵玛……

【平措光区亮。

知道梅朵玛对旺扎一生相许,阿爸平措内心的喜悦无法藏住,他向天大声地喊。

平措　他阿妈,你在天之灵看到了吗?草原上最美丽的姑娘将要成为我们的儿媳妇了!

【诺尔桑光区亮。

诺尔桑　(独白)俗话说,"人虽有看别人的眼睛,但看自己还需要一面镜子"。不错,经过这场雪灾我明白自己并非是草原上的真正汉子。(自嘲)哈……我有什么呢,除了骄傲自大,就剩下自私自利。旺扎,我的好兄长,我明白了,我确实不如你,我要让整个草原的人都知道,你才是我们草原的英雄,格萨尔的后代!能败在你的手下,是菩萨恩赐我的幸福。我要祈祷,愿菩萨和众神保佑你。以前我以为自己很富有,可是我的富有在哪里?(拿出佩戴在身上的金银珠宝)难道就是这些吗?在生死存亡的时候,这些可以当饭吃吗?可以当衣穿吗?哈……我现在才明白,这虚荣的富有,是最贫穷的标志。(少顷)梅朵玛,我的好妹妹,你的选择是正确的,我为你而感到高兴。天上的日月,四周的众神,人间的万物都会为你而感到高兴!以前我一心想拥有你，认为你是我的未婚妻，谁也别想夺走你，可现在就算你跪在我面前，求着要我娶你，我也不会答应的。因为，我说过你应该属于一个真正的草原汉子，而真正的草原汉子不是我，是我的好兄长旺扎……（收光）

【灯光复明，场面回到现实当中。

平措　（抓住梅朵玛的手）孩子……

梅朵玛　（扑向平措）阿爸……

【众人陶醉在这美好的爱情中。

平措　（对众人）你们还愣着干什么？快把房子拆掉呀！乡亲们还在冻着呢……

众　好，好……（开始行动）……

【灯光暗转，整个舞台一片漆黑，只听到人们拆房子的嘈杂声。

等灯光再复明时，房子已经拆完。旺扎等人正扛着木头来回走动。

一个青年匆匆跑来。

青年　旺扎哥，不好了！不好了！那个拿雅村的人又来了！

旺扎　谁？赞拉？

青年　是的。

旺扎　他来干什么？

青年　他带着好多人。

旺扎　坏了，肯定是来找麻烦的。

众人　来找麻烦的？

旺扎　上次为了草场，我们两村之间不是发生纠纷了吗？当时我答应他补偿草原损失费的。现在他那里肯定也缺粮草，所以就过来要债。他那个人也真坏，偏偏这个时候来刁难我们。

众 怎么办？旺扎哥，你说我们怎么办？'

旺扎 没有办法，只好硬对硬。

【众人准备应战，都摆出一副打架的架势。
阿爸平措等老人们既想阻止，又束手无策。
赞拉带着几个强壮的青年上，旺扎等人手里拿着棍棒，怒目而视。

赞拉 哦！怎么？你们这是……

青年甲 呸……

赞拉 （有些玩笑的口气）哦！这是哪个地方的欢迎方式呀？我有些不习惯。

青年甲 少耍贫嘴，要打就打！我们不怕你们！

赞拉 （认真起来）你们这是在干什么？

旺扎 赞拉，你要知道，饿狼才去伤害没有反抗力的生灵，你明明知道我们的处境……好了，不说了，你们不是来要草场的损失费吗？告诉你，我们没有什么东西可以偿还给你们，要是需要偿命，那倒有一条。

赞拉 （先是一愣，然后开怀大笑）哈……原来你们以为我是来找你们的麻烦的？是来要偿还草场损失费的？怪不得你们的架势这么奇怪。

【旺扎等人有些不解其意。

赞拉 旺扎，我告诉你们，恰恰相反，我是来帮助你们的。

旺扎 什么？帮助我们？

赞拉 是的，我们都围困在这雪海之中，怎能不知道彼此的困难呢？这个时候我怎么能过来找别扭呢？那样天理也不容啊！你记得吗？我们村的东山上有块地势比较高的草场，对，就是上次我们发生纠纷的那块草地，昨晚吹了些风，露出雪面，牛羊可以维持几天，所以我跟村里人已经商量好了，你们村的一部分牛羊可以转移到我们那儿去。

旺扎 什么？这是真的？

赞拉 当然是真的。我们牧民向来是一张皮上剪下来的绳子，你们有困难的时候，我们怎么能撒手不管呢？

旺扎 （激动地握着赞拉的手）赞拉，太谢谢你们了！你们这是雪中送炭呀！其实你们也不容易呀！

赞拉 别这么说，还是快安排几个人吧，我们一块去转移牛羊。

旺扎 好。格桑、巴拉，你们带着几个人去转移牛羊。

【几个年轻人跟着赞拉下去。

次仁措急匆匆上来。

次仁措 （上气不接下气地）旺扎哥，梅朵姐，快，快……

梅朵玛 怎么啦？

次仁措 鲁姆姐……鲁姆姐……

旺扎 鲁姆姐怎么啦？

次仁措 鲁姆姐她快生孩子了，不过……她……她从昨晚开始一直在疼痛，却怎么也生不下来，现在流了很多血，她很危险呀……

梅朵玛 这可怎么办？

旺扎 天呢，不早不晚偏偏是这个时候！

平措 要不派个人去找罗旦乡长？

旺扎 罗旦乡长现在到各村安排工作去了，到哪儿去找呀？

梅朵玛 家里老婆快生孩子了，他连影子都见不到！

次仁措 你们快点想办法，她快没命了……

旺扎　（焦急地）无论如何我们也要保住她的生命,来,查加,康庆,你们过来,我们把她抬到县医院去。

【他们正准备下去时,诺尔桑背着鲁姆措出现在他们的面前。

众人吃惊地望着他,没有语言,都明白诺尔桑的举动。

诺尔桑背着鲁姆措,缓慢地面向雪海前进……

——幕徐落

第五场

时间 次日早晨

地点 山坡上

【景同第三场。

幕启,皑皑白雪铺盖这整个草原。

一曲忧伤的音乐中琼琼玛背着书包,迈着蹒跚的步伐,一瘸一拐地行走在雪地里。

她左看右看,很无助的样子。她在雪地里已经迷路了一整夜。

琼琼玛 (看到自己的脚印)怎么?我又回到这里了?

【琼琼玛已经筋疲力尽了,她再也没有力气继续行进。

最后她慢慢地晕倒在雪地里。

少顷,两名解放军战士从山坡后面出来。

战士甲 看到牧民的帐篷了没有?

战士乙 除了白茫茫的一片天地,什么也看不到。

战士甲 没有群众的帮助,我们的车子是拖不出来的。

战士乙 我们已经在雪地里晕头转向一天一夜了,再也不能耽误了呀。

战士甲 是啊,再也不能耽误,但是在这雪地里根本找不到路，我们无法到达帮雄村。我们必须找到熟悉路的牧民。上级命令我们，无论如何也要在明天中午之前把救灾物资送到灾民手中。

战士乙 先让我歇一歇，我又冷又饿。

战士甲 小李，你去找些石头过来，不然车子又要打滑。

【战士乙到周边去找石头。这时他在雪地里发现了冻僵了的琼琼玛。

战士乙 老张，快来看，这儿有个小女孩。

【战士甲忙过去，两人轻轻地扶起琼琼玛。

战士乙 小姑娘，你醒醒，你醒醒！

战士甲 她冻僵了。（诊一诊动脉）她还活着。

战士乙 （忙把自己的大衣脱下来盖在琼琼玛身上。）老张，我去拿喷灯，烧个火吧。让她暖和暖和。（欲下）

战士甲 别去，不能用火烤。

【战士甲轻轻地脱掉琼琼玛的鞋，然后用剪刀剪掉结冰沾在琼琼玛身上的袜子和衣服。

战士甲从地上抓一把雪，轻轻地搓在琼琼玛的腿上。

搓了一会儿以后，战士甲解开自己的衣服，把自己温暖的身体贴上琼琼玛冰冷的身体。

琼琼玛慢慢醒过来。

战士乙 老张，她醒了。

战士甲 小姑娘，小姑娘！

琼琼玛 （半醒不醒）我要上学，我要上学。

战士乙 小姑娘，小姑娘，你醒醒……

【琼琼玛醒过来。

琼琼玛 解放军叔叔，我要上学，学校早已开学啦，叔叔，我要上学。

【战士乙忙从自己口袋里拿出仅剩的一点饼干，给琼琼玛。

战士乙 小姑娘，你先吃点东西，你饿坏了。

【琼琼玛狼吞虎咽般地把饼干吃下去了。

战士甲 小姑娘，你怎么一个人在这里？你的家人呢？

琼琼玛 叔叔，我要到县里去上学，可是我从昨天走到今天，在这雪地里迷了路。叔叔，学校早已经开学了，请你快把我送到学校吧，我不能再耽误了。

战士甲 那你的家人为什么不来送你呢？

琼琼玛 叔叔，我是从家里偷偷跑出来的，我怕家里人不让我在这大雪天出门，所以……

战士甲 你别去学校了，遭受这么大的雪灾，学校估计也已经停课了，还是回家吧。你这样出来，家里人一定会担心的，看你冻成这个样子。你家在哪里？我们送你回家。

琼琼玛 我家在帮雄村。

战士甲 你是帮雄村的？太好了，我们正好要到帮雄村去送救灾物资。我们找不到路。走，我们一起回去。

琼琼玛 可是现在白茫茫一片，回去的路，我也不知道了。

战士甲 没关系，我们一块找路吧。走！

【战士甲背着琼琼玛，准备上路。

战士甲没走两步，摇摇晃晃地倒下去了。

琼琼玛 叔叔，你怎么啦？你怎么啦？

战士甲 （突然捂着胸膛，喘吁吁地）哎呦，怎么又犯了。

战士乙 老张，是不是你的老毛病又犯了，你忍着点儿……

（欲离开）

战士甲 你上哪儿？

战士乙　我给你拿药去。

战士甲　我没有带药来,这次出来匆忙,忘了带药了。

战士乙　那怎么办?（突然想到）噢,对了,车上有药。我去找找。（欲下）

战士甲　回来,不行,这不行。那是救灾物资,不能随便拿。

战士乙　老张,看你疼得这样子,今天我管不了太多了！

　　　　（欲下）

战士甲　（厉声）站住,你给我回来！不能那样！

战士乙　老张,如果以后有什么麻烦,一切的责任都我来承担！

战士甲　不行！

琼琼玛　叔叔,你们这是在争什么呀？

战士乙　小妹妹,你不知道,老张他有严重的胃病,再加上这几天他在路上一直冻着、饿着,就犯病了。我们车上装的全是食品、药品,可他就是不吃。

战士甲　那是全国人民捐给灾区人民的东西,我们能吃吗？

战士乙　那你现在成这个样子啦……你能不能破一次格呀！

战士甲　我们冻着、饿着也只是一天两天的事情,灾区人民可是冻着、饿着好多天了呢。

【这时战士甲的胃疼疼得更加厉害。

战士乙　老张,老张,我管不了那么多了！（忙下去）

琼琼玛　叔叔………

【战士乙手里拿着一盒药上。

战士甲　（诉斥）小李,你这是干什么？！你这是违背纪律,懂不懂？！

战士乙　我不懂,回去以后怎么处罚都我一个人担当,你必须吃！

琼琼玛 是啊，叔叔，你吃吧。

战士甲 你的好意我心领，可这东西不能随便吃，这是要送给灾区人民的，这不仅仅是一盒药，这里装满了祖国和人民的爱心！

琼琼玛 叔叔，我是灾民，你吃我的那一份好不好？

战士甲 （深情地）小妹妹……

【老张的疼痛继续发作。

这时罗布等寻找琼琼玛的三个青年上。

罗布 （见到琼琼玛，激动地）琼琼玛，我们可找到你了……

琼琼玛 哥哥……

罗布 好妹妹，你怎么到这儿来了？大家都为你着急呢。

琼琼玛 我本来要回学校去的，可是迷路了，多亏了这两位解放军叔叔救了我，不然我早已经没命了。

罗布 （对战士）谢谢你们，谢谢你们救了我的妹妹！

战士甲 你们是从帮雄村来的？太好了，我们不熟悉路，大雪把路全都盖住了，根本看不清哪里是路，哪里是沟。现在我们的车子陷入冰沟里，快帮我们推出来吧。

众 好的！

【这时老张的胃又一阵痛。

罗布 解放军同志，你怎么啦？

琼琼玛 哥哥，他的胃病犯了。

战士乙 他有严重的胃病，肚子本来就饿，现在又受了凉，我们车上装的全是食品和药品，可他就是不肯吃。

罗布 同志，你为什么不吃？

战士甲 那是送给灾区人民的东西，我怎么可以随便吃呢？

【这时罗布想到了阿玛曲桑送的糌粑。

罗布 （拿出糌粑袋）同志，你吃点糌粑吧，据说糌粑可以治胃病的，吃了你的胃也许会好一点……

战士甲 不，你们留着吃吧，这么大的灾情，你们很不容易。

罗布 你为了我们，才这样受苦的，这点糌粑你一定要吃下去。

众人 是啊，你就吃了它吧。

战士甲 （依然摇摇头）我怎么可以吃你们的东西呢？

罗布 如果你想帮助我们，你就吃了它吧，你吃了才有力气给我们分送物资呢。

战士乙 老张，他们说的对。

众 是的，你吃了这点糌粑，为我们灾民，你吃了它呀！

战士甲 （激动地流下泪）好，好，那我就吃。

【音乐起，老张把糌粑一口一口地吃下去了。

战士甲 好了。太好了。现在我的胃不疼了，真的，谢谢你们，谢谢！

众 谢什么，你是为了我们才这样的，应该是我们感谢你们的无私奉献才对呀。

战士甲 （看了表）哦，我们的车陷在前面水沟里，赶快把它拖上来，不能再耽搁了。

【一个牧民青年脱下皮袄。

青年人 把这个皮袄垫车轮胎下面，肯定能拖上来。

众 好，我们去。

【众人下。后面传来拖汽车的声音。

灯光暗转，舞台另一深处灯光亮。

诺尔桑和两个青年抬着担架在雪海中前进，他们走累了停下来，把担架放在地上，上面躺着的是鲁姆措。

诺尔桑从怀里拿出小暖瓶，倒出热茶。

诺尔桑　鲁姆大姐,你冷不冷,饿不饿?来,先喝点茶吧。

【这时罗旦书记撑着拐杖上。

诺尔桑　书记,你怎么也来了?

罗旦　(并不知担架上面躺的是谁)我要到郎赛乡去看看,你们这是上哪去呀?

青年　书记,你看,这躺着的是谁?

罗旦　(忙去看)鲁姆措,是你!

诺尔桑　书记,她难产,很危险,我们这是要把她送县医院去。

罗旦　鲁姆措,我对不起你,我只顾着工作,把你给忘了。

鲁姆措　(有气无力地摸一摸罗旦的脸)我不怪你……

罗旦　(颤抖的手抓紧鲁姆措的手)我对不住你,你跟着我吃了好多好多的苦,等来年春暖花开,我们牧民重建家园以后,我要好好地报答你。(最后带着哭声)

诺尔桑　书记,你也跟我们一块到医院去吧。

罗旦　我不能跟你们走,前面的村里有好多事情等着我。诺尔桑,我只有拜托你们了(又对鲁姆措)我的好妻子,对不起,不是我无情,而是我肩上的责任重呀!

【诺尔桑他们把担架抬走,罗旦默默地目送他们。

抒情、忧伤的音乐奏起。

——幕徐徐落

第六场

时间 第二天
地点 同第一场

【景：同第一场，只是以前那漂亮的藏式房子变成了一堵废墙，蓝天白云不见了，变得灰蒙蒙一片。
在一曲忧伤的音乐中幕徐徐拉开，除了罗旦、诺尔桑、鲁姆措、琼琼玛以外，本剧中出现的所有人物都上场。他们有的在墙边的石头上坐着发呆，有的在高处站着遥望茫茫雪海，有的含着眼泪看着旺扎家的废墟。
曲桑等老人们在一边沉默无言，拼命地摇着手里的经轮。
达杰爷爷气喘嘘嘘地躺在两个青年人怀里。中间一堆木柴燃烧殆尽。

旺扎 （把一根木柴放在火中）这是最后一根了，再也没有柴火了。

梅朵玛 大家围到中间来，会暖和一些。

平措 （拿着一条糌粑袋，把里边仅剩的一点糌粑给大伙看）只有这么一点糌粑了。

旺扎 （拿着糌粑，扫视四周，看到达杰爷爷）爷爷，你病得很重，快把它吃了吧。

达杰　（接了糌粑袋，不说话，闻了一闻糌粑，然后慢慢地交给梅朵玛）我这老骨头，已经活够了。现在死了也没什么值得遗憾，这糌粑还是你们年轻人吃吧。

梅朵玛　爷爷，还是您吃吧，我们身体好，不吃东西也没事的，您的身体不好，您一定要把它吃了。

达杰　不，我这老骨头，死就死吧，没什么稀罕的。可是你们不能死，你们是未来草原的主人呀！

【达杰爷爷把糌粑袋交到梅朵玛手里，梅朵玛把糌粑又交给平措，平措闻了一下交给了曲桑，曲桑闻了一下又交给另外一个人……一袋糌粑大家都只是闻了一闻，谁也没有吃。

这时达杰爷爷无力地昏迷过去。

次仁措　达杰爷爷，达杰爷爷！

旺扎　这可怎么办呀，上面有铁的准则，灾情再严重也要保全群众的性命！牲畜虽然没能保住，但是，人不能有任何的闪失！

众　（哭喊）现在怎么办呀……

旺扎　（把糌粑团递到达杰爷爷嘴边）达杰爷爷，您一定要把它吃了，这是命令，您不吃我们都会生气的。为了我们大家，您一定要把它吃了。

【突然一个清脆的小羊羔的声音从阿妈曲桑怀里响起。大家的目光同时转移到阿妈曲桑身上，阿妈曲桑只好把小羊羔从怀里掏出来。

旺扎　（忙伸手把它抱回来）太好了，还有一只小羊羔。

曲桑　虽然没有冻死，但是它也已经好几天没吃东西了，怕是活不过来。

【这时达杰爷爷把糌粑团拿出来,喂给小羊羔。

旺扎 达杰爷爷,您不能把糌粑喂给小羊羔,这个是给您自己吃的。

梅朵玛 是啊,您自己要紧呀。

达杰 (深情地)今天就算我饿死,也不让这个小羊羔死掉。你们不知道,我小时候,有一年我们的草原遭受了一次特大的雪灾,我们家的牲畜全都死光了。我们全家人在严寒和饥饿当中度日如年。生病的母亲病情恶化,我眼看着母亲将要被阎王给拉走。一天晚上,我悄悄地跳进牧主家的羊圈,偷走了一只小羊羔,带回家,宰了给妈妈吃。多年来我一直为这件事儿忏悔,总觉得自己是个罪孽深重的人,死了之后一定会被打入地狱的,所以我现在要拯救这个小生命来忏悔我的罪过。

【大家都流下了泪水。

梅朵玛 爷爷,我们理解您的心情,可现在您自己要紧,您就舍了它的小命,救自己的大命吧……

众 是啊,爷爷。您心眼这么善良,阎王爷一定会免去您的罪孽的。

【这时候,罗旦上来,他已经完全变成了一个活动的雪人。他已经得了严重的雪盲症。看样子他是一直在雪地上摸爬着过来的。

众 罗旦书记……

罗旦 你们在干什么?

次仁措 达杰爷爷把仅剩的糌粑喂给小羊羔,大家希望把糌粑留给他自己吃,可他就是不肯。

罗旦 好,还好。牲畜没有死绝,还有一只小羊羔活着。

【罗旦走到达杰爷爷跟前。

罗旦 爷爷,您怎么样?

达杰 (有气无力地)书记,我没事。

罗旦 大家能再坚持坚持吗?

青年人 要坚持到什么时候呀?

罗旦 只要大家能够再坚持一天或半天,最迟明天我们就有救了。(罗旦把小羊羔抱在自己的怀里)牲畜是我们牧民赖以生存的一切,把这头小羊羔好好地养下去,它是我们草原重建家园的希望。

旺扎 (有些不明白)罗旦书记,可是明天再没有人救我们,我们不就都饿死、冻死了吗?

众 是啊,如果明天再没人救我们,那我们怎么办呀?

罗旦 大家不要着急。(他从怀里掏出一台袖珍收音机)大家好好听着,这是我们亲人的声音。

【收音机播报:"西藏那曲地区发生特大雪灾的消息,传向万里高原,传向祖国的四面八方,牵动着各族人民的心。昼夜之间,从东海之滨到喜马拉雅山下,从珠江两岸到内蒙古大草原,从天真活泼的小学生到白发苍苍的退休老人,从国家领导到普通百姓,无不为被大雪围困的牧民担忧,纷纷出钱出物,献计献策,向高原伸出援助的手。现在送救灾物资的车队已经向灾区出发,预计这几天就能到达灾区,但由于大雪封山,车队出现迷失方向、陷入冰河的情况,希望当地牧民群众配合解放军战士,把救灾物资及时送到灾民手中……

罗旦 (关掉收音机)大家听到了吧,这是党中央和全国人民的声音,我们有救了……

众　（高兴地欢呼）有救了！

平措　（有些担心）不过，我们这儿雪下得这么大，村子又这么小，他们能找到我们吗？

旺扎　是啊，他们会记得我们这个小村庄吗？

　　【这时诺尔桑上来。

众人　诺尔桑——

梅朵玛　诺尔桑，你怎么回来啦？鲁姆措姐姐呢？她在哪儿？

诺尔桑　（一直喘气说不出话）她——

众　（七嘴八舌地）你怎么啦，你快说呀！鲁姆措姐姐呢？快说呀！都急死人啦！

罗旦　我的鲁姆措……诺尔桑，你告诉我，我的鲁姆措在哪儿？她现在怎么样？

诺尔桑　书记，你不用担心，大家别担心，她没事了。（少顷）平时只需一天的路，我们竟走了三天三夜，在雪地里她的病情很危险，好几次都晕过去了。到了医院，医生说她需要马上动手术，需要输大量的血，所幸在医院碰上了一位解放军战士，他毫不犹豫地给鲁姆措输了血。经过医生们的抢救，鲁姆姐姐脱离危险了！

　　【这下大家才松了一口气。

诺尔桑　书记，我还要告诉你一个大好消息！

众　什么好消息？

诺尔桑　鲁姆措为你生下了一个大胖小子！

　　【众人都为之欢呼。

旺扎　罗旦书记，你就放下这里的事情，赶紧去看看你的儿子和鲁姆措吧。

众　　是啊，你就快去吧。

罗旦　（既喜又悲，跪在雪地上）鲁姆措，我的好妻子，我对不起你．我欠你的太多了，平时没能好好地照顾你，甚至你生命垂危的时候，我也不能来看你一眼，原谅我吧……（把头磕在雪地上）。

【众人都为罗旦的悲痛而流泪。

这时，远处传来汽车的喇叭声。

人们遥望前方。

罗旦　（好像忘却了刚才的悲痛）解放军，是解放军！

众人　（大声地呼喊）解放军同志，我们在这儿呢！解放军同志！（向军车挥手）

【几个解放军战士上。

战士甲　可把你们找到了！乡亲们，大家怎么样？

【众人都百感交集，说不出话来，激动地热烈盈眶。

阿妈曲桑等老人向解放军战士磕头。

平措　（走到解放军战士面前握着他们的手，把额头贴在战士手上）你们把我们这个只有几户人家的小村庄也记在心上，你们是真正的活菩萨呀！我该用什么来表达我的感激之情呢？

战士　阿爸啦，乡亲们，你们都是我们的同胞兄弟，党中央和全国人民不会忘记大家……对了，大家先去卸东西吧！

【解放军卫生员给达杰爷爷打针、吃药，达杰爷爷激动地流下了泪水。

这时，随着一声"爷爷"，琼琼玛高兴地上场。

达杰　（似乎病全好了）孩子，我的孩子！

琼琼玛 爷爷——（跑向达杰，爷孙俩抱在一起，流下激动的泪水）

【欢快的音乐响起。

很多人背着各种救灾物资在舞台上往来。

——幕徐徐落下

（本剧获得过第十四届中国曹禺戏剧文学奖提名奖、第八届中宣部"五个一工程"奖、第四届西藏自治区珠穆朗玛文学艺术奖）

纪念江孜抗英斗争一百周年献礼剧

宗山往事

(本剧于2004年由西藏话剧团演出)

人　物

巴　贵　　藏族青年，抗英勇士
仁　增　　宗本府少爷
卓　玛　　庄园主女儿
巴　桑　　卓玛的侍女
德　林　　藏军代本
旺　堆　　老艺人
老活佛　　乃宁寺主持
堪　布　　藏方谈判代表
旺　秋　　藏方谈判代表
哈　里　　英国远征军上校
玛　丽　　荣赫鹏的贴身秘书
史密斯　　荣赫鹏的手下士兵
汤　姆　　同上
杰　克　　同上

众多军民和英兵若干

序

时间　1904年

地点　西藏边境的曲米醒果

【天上乌云密布,让人感到一种莫名的压抑感和恐惧感。在山谷里,远远近近,高高低低都站满了全副武装的英军士兵。

英军的米字旗高处飘扬。

英军大炮对准我军营地。

在低沉的音乐中,英军上校哈里和他的秘书玛丽小姐上。

哈里　(很得意的样子)哈哈……好,好,太好了!玛丽,快把我的望远镜拿来。

【玛丽把望远镜递过去,哈里用望远镜往远处看了一下。

哈里　美啊,美!真是个世界上独一无二的地方!

玛丽　在我眼里,这里除了天寒地冻,就什么也没有了。这么荒凉的地方,没什么值得你这样赞美。

哈里　NO,NO——玛丽,这里是世界的屋脊,江河的源头,这里一定会有许多珍稀物种。你眼里的那些荒山,在我眼里全是珍贵的矿产资源。

玛丽　上校先生,也许你的眼光是对的。

哈里　这么神奇的地方，应该归大英帝国所拥有。这里的主人，不应该是那些野蛮人。玛丽，你知道吗？有多少西方帝国想占领这个地方呀！

玛丽　我当然知道。

哈里　所以，我们一定要打到拉萨去。把我们的旗帜插在布达拉宫顶上。让我们大英帝国的旗帜永远飘扬在世界屋脊的上空。这样一来，我大英帝国就成了名副其实的日不落帝国！

玛丽　上校先生，对我们这次的军事行动，大清国的朝廷会有什么反应？

哈里　哈！西藏是中国的领土，在重大的事情上当然由朝廷来出面解决。不过几年前，我们八国联军攻占了北京，大清国已经名存实亡了！现在法国人想占领云南，俄国人想吞并新疆，八旗子弟的大烟兵连北京都守不住，还顾得了它的西南边疆吗？这是我们占领西藏的绝好机会。真是天赐良机呀，哈哈——

【众英兵欢呼雀跃。

一个英兵上。

英兵　上校先生。西藏谈判代表们来了。

哈里　好！先生们，准备好了吗？

众英兵　愿为大英帝国效劳！

哈里　很好，快把他们请来。

【西藏谈判代表稀饶堪布、旺秋代本等上。巴贵和几个藏兵跟随其后。

哈里　欢迎，欢迎，各位鞍马劳顿，一路辛苦了！

【代表们各自坐在座位上，巴贵等人站在后面警卫。

堪布　请问您是哈里将军吗?

哈里　正是。看来我的名字在西藏已经很响亮了。

藏官　是啊,不过不太好听。好吧,我们还是谈正事吧。

【玛丽端来几杯红酒。

哈里　请各位先喝杯酒,解解渴,这可是我大英帝国的女皇陛下特赐的酒啊。

堪布　上校先生,你们打算什么时候撤军?

哈里　(以嘲笑的口吻)哈!……这个问题我正想问你呢。

旺秋　什么意思?

哈里　今天请你们来,当然不只是为了喝杯红酒。各位要明白,今天请你们来,不是为了谈我们撤军的问题,而是要谈你们怎么让我的部队顺利地进入江孜的问题。等我到了江孜,我们再坐下来慢慢地谈。

旺秋　你!

堪布　想去江孜?休想!有什么事情就在这里谈。

哈里　NO,NO。我们一定要到江孜去。其实,这也是为了建立我们之间的商务关系嘛——我们卖商品,你们给大洋……

旺秋　(生气地)呸!说得好听!你们这些洋人贪得无厌,得寸进尺,是喝了酥油茶,连茶桶都要抢走的人。这哪里是商务谈判,简直是羊和狼在说话。你们现在要到江孜,恐怕将来还要到拉萨去吧?

哈里　没错。拉萨,多么美丽的名字,多么神秘的地方啊!堪布先生,您要知道,神圣而美丽的日光城,金碧辉煌的布达拉宫,还有举世闻名的三大寺院,对我们西方人来说,是充满了诱惑的。

堪布　你们——你们到底撤不撤？

旺秋等人　撤不撤？撤不撤？

　　【双方的士兵举着武器，互相瞄准，气氛一下子变得紧张起来。

哈里　（对旁边的英兵）你们要干什么？没看见我们在谈判吗？快把枪放下，把子弹退出枪膛！

　　【英兵们把枪放下，并退子弹。

哈里　各位先生看见了吧？为了表示我们的诚意，士兵们把枪里的子弹全都退出来了。你们也应该拿出你们的诚意来。

　　【藏官们犹豫了一下，然后互相悄悄地谈论了几句。

旺秋　（对旁边和远处的藏兵下命令）熄灭点火绳！

　　【巴贵等勇士们很不乐意地把火药枪点火绳的火熄灭。

堪布　（拿出一条哈达）这是我们的诚意，请你接受。

哈里　诚意？哈哈——我要的是行动，而不是这个。

旺久　什么行动？

哈里　我已经说了，你们赶快撤离前面那座山口，让我的部队顺利地前进。

堪布　我们祖祖辈辈都住在这个地方，该撤的是你们，而不是我们！

哈里　你们撤不撤？

藏军　不撤。

哈里　到底撤不撤？

藏军　不撤！

哈里　先生们，我的忍耐度是有限的。你们这是敬酒不吃吃罚酒！

【哈里掏出手枪,当场打死了堪布大人。

旺秋、巴贵等人忙准备还击,可无法点燃火枪的点火绳。

英军赶紧装上子弹开火,顿时枪声四起,炮声隆隆。

运用灯光和舞美手段,把整个舞台瞬间变成一个火光冲天,爆炸四起的战场,到处充满着厮杀声和惨叫声。

灯光暗转。声音慢慢消失。

等灯光再亮时,满台都是死尸,横七竖八。

凄惨的音乐响起。

死尸堆里有人蠕动,是巴贵。

巴贵慢慢地站起来,他发现那条堪布大人献给英军的哈达已经被鲜血染红。他从地上拣起那条哈达,眼里充满了愤怒,他用双手把哈达高高举起向天控诉。

音乐大奏。

——幕徐落

第一场

时间 几天之后

地点 白居寺前面的广场上

【幕启。法号声声,香烟燎绕,具有强烈的宗教氛围。

舞台前部位,正燃烧着一堆篝火。

法号和锁呐声中几个僧人装扮成鬼怪神仙,跳着"羌姆"出场。

"羌姆"结束后,老活佛手持法器走到火堆前,嘴里念着经,往火堆里抛撒青稞和圣水。随后,几个僧人举着红头发、黄军装的英兵模样的稻草人往火堆里扔。大火熊熊燃烧,把英兵模型烧成灰烬。

众多僧俗百姓,站在远处祈祷、许愿。

隆重的驱鬼仪式完毕之后,台上的众人逐渐散开。

早已站在人群中的巴贵缓缓地走向舞台中央。

巴贵 (双手合十,跪在地上,向天祈祷)愿菩萨保佑,请菩萨超度我死去的弟兄们的英灵,愿他们早日转世到人间……

老者 巴贵,你不要难过。要保重自己!

巴贵 大家放心吧。我没事,老活佛正在超度他们,我不难过。

众人 愿菩萨保佑，呕嘛呢吧咪哄…………

青年人 巴贵，曲米醒果发生的事情究是竟怎么回事？你能告诉我们吗？

巴贵 那些洋妖，简直是披着羊皮的狼，而且比狼还要凶残，一眨眼的功夫就杀死了我们的几百个同胞兄弟！

老阿妈 真是造孽呀！造孽。嘛呢吧咪哄。

青年人 那我们的人没有还手吗？

巴贵 那些洋妖不仅跟狼一样凶残，而且比狐狸还要狡猾，他们欺骗了我们。说为了谈判顺利进行，双方都要放下武器，他们假装先把枪膛里的子弹取了出来，然后要我们把火枪的导火绳熄灭。我们相信了他们，结果我们上了当。

青年人 那场面一定很惨烈。

巴贵 惨呢！真是惨不忍睹！一会儿就满地尸横，血流成河！

老阿妈 我们不应该那么轻易相信他们。

巴贵 我们哪里知道他们是那样狡猾的人！

一个女人 那洋妖会不会打到我们江孜来？

巴贵 如果我们不抵抗，洋妖肯定会打到这里来的。

女人 太可怕了，太可怕了。

【很多人也表现出害怕的样子。

这时宗本府的少爷仁增上。

众人立即散开，站在一边，双手合在胸前，低头行礼。

仁增傲慢地走过巴贵身边。

仁增 （对众人）乡亲们，大家不用担心。自古以来，战争和冰雹总是威震过于事实的。

巴贵　你是？

仁增　什么？你还不认识我？你就是那个从曲米醒果逃出来的巴贵？

巴贵　（有些奇怪地）小人正是。您是——

仁增　我是宗本府的少爷，我叫仁增。也不怪你，我是最近才从印度回来的。

巴贵　您怎么知道我的名字？

仁增　现在满江孜都传开了，说有一个叫巴贵的人，自称是曲米醒果事件的幸存者，到处讲英国人如何不讲道理，他们如何残忍等等。所以，我早就想见见你这个神奇的英雄。

巴贵　仁增少爷，你想听听事情的真相？

仁增　不，我不想听。因为我不相信你说的话。

巴贵　少爷，小人所说的全是亲眼所见，没有半句谎言。你为什么不相信？

仁增　你说英国人只用一眨眼的功夫就杀死了我们几百号人？

巴贵　千真万确，少爷。

仁增　（不以为然地）那你为什么还站在这里？

巴贵　少爷，我是从死尸堆里逃出来的。

仁增　哈哈……怪事！难道你有上天入地的本事？

巴贵　少爷，请相信我，我说的全是真话。

仁增　我看你是神经错乱了，把一个噩梦当成了真实。

巴贵　仁增少爷，难道你不相信曲米醒果发生的一切？

仁增　我没法相信。我了解英国人，他们是讲文明、守信用的人。他们绝不会干出那种野蛮的事情。

巴贵　仁增少爷，恕我直言。你一个贵族少爷整天待在温暖舒适的阳台里谈诗论书，你哪能知道外面发生的事情。我可是跟英国鬼子打过交道的。你怎么能不相信我的话呢？

仁增 巴贵，你想错了，你以为我是那种弱不禁风，只懂书本知识的贵族少爷。我告诉你，我在印度上了五年的西洋学校，我接触英国人的时间比你长。

巴贵 那你更应该了解那些人面兽心的坏家伙，他们是一群魔鬼，为了得到利益，他们什么坏事都干得出来！

仁增 不！英国是当今世界最强大的国家，自工业革命以来，他们生产出了世界上最先进的工业产品。他们正在改变全人类的社会生活，他们这是给人类造福，是向全世界传播现代文明。

巴贵 （气愤地）呸！他们所谓的现代工业净是生产杀人武器，他们把洋枪洋炮对准无辜的人，占领别人的家园，剥夺别人的生命，难道这是传播文明？难道这是造福人类？

仁增 当然，传播文明，毕竟不是老活佛的施舍，难免会发生一些冲突。

巴贵 你！

仁增 好，好。巴贵，你别生气。今天我不跟你争了，不过，我看你也不像是个愚钝的人，随着事态的变化，你会明白一切的。

【仁增悻悻而下。

巴贵 （拿出那条被鲜血染红的哈达，给乡亲们看）大家看看吧，这是我们的勇士们的血。大敌当前，前方在流血，可这里居然还有人对洋妖抱着幻想。真是可耻！

老艺人　巴贵,有一首歌是这样唱的,"风再大也吹不动大山,火再烈也烧不干大海"。男子汉大丈夫的心要稳如大山,深如大海。我相信,你会做到这一点。

老阿玛　巴贵,你的伤还没全好,还是先到我家好好歇息几天吧。

众人　对呀,你先回去好好歇几天吧。

【众人和巴贵下。

这时卓玛和巴桑上场。

卓玛　人呢?怎么一个人也没有?

巴桑　刚才很多人都在说,那个叫巴贵的就在这里讲曲米醒果的事情呢。这会儿他又上哪里去了呢?小姐,要不我们到别处去找吧!

卓玛　算了。不找了,我们还是回去吧。

巴桑　怎么?要回去?小姐你不是特别想见到那个叫巴贵的人吗?

卓玛　巴桑,说实话,我确实特别想见到那个叫巴贵的人,可又特别怕见到他。你说,那个叫巴贵的人,会不会是他?我越来越觉得那个叫巴贵的人就是他。

巴桑　(好像明白小姐说的意思)你是说巴贵大哥?

卓玛　(点了点头)……

巴桑　小姐,您这真是想他想疯了吧,他都死了那么多年了。别胡思乱想。

【这时仁增少爷上来。

仁增　卓玛小姐,你今天真漂亮,好比是一朵刚开放的荷花。噢!对了,我有事要跟你商量。你这会儿有时间吗?可不可以请你到我们家去坐坐呢?

卓玛 我一个姑娘家,不能随便到人家的府上去做客。你有什么事,在这儿说吧!

仁增 卓玛小姐,你已经是我的未婚妻了,我家的门你是迟早要进的呀。

卓玛 可现在不到时候。少爷。

仁增 那好吧,那我在这儿跟你说。卓玛小姐,你也看见了,现在世道有点儿乱,我俩的婚事还是早点办为好。

卓玛 少爷,结婚的时间是我阿爸和令尊大人商量后确定的,我们做儿女的不能随便更改。

仁增 我怕夜长梦多。我可以说服我的父亲,希望你也回去跟你的父亲说一说。

卓玛 我可不敢向父亲提出这样的要求。再说,现在全城的人都在谈论驱赶洋妖的事,形势这么紧张,我们却在这儿谈婚论嫁,不知人家会怎么说我们。

仁增 都怪那个叫巴贵的小子,弄得人心惶惶。不过你听我说,英国人是绝对不会干出伤天害理的事情的,英国人那么讲文明,在曲米醒果发生的事情也许是一场误会,也许只是一个小小的摩擦。

卓玛 我觉得事情没有那么简单。如果只是一个误会,不会惊动到拉萨。现在拉萨都要派来军队打仗,我看事情没那么简单。

仁增 (觉得卓玛说的有道理)是啊。援军从拉萨出发的消息是千真万确的。也许,这件事情还是有点麻烦。不过,你放心,我准备动员我父亲等几个地方官员,亲自到前方去,用流利的英语跟英国人谈谈。事在人为,我想一定能消除双方的误会。

卓玛　你要自己去跟英国人谈？能行吗？不是说，没有上面的旨意，任何人都不准私自同英国人交往的吗？

仁增　顾不了那么多了，为了打消你们这些人的恐惧，也为了尽快办成我们的婚事，我仁增愿意做任何事情。我要让你知道，你的仁增不是窝囊废，而是人中杰。

卓玛　仁增少爷，你真的要去吗？

仁增　大男人，绝不会在心上人面前说空话。你看着吧。

【仁增下。卓玛和巴桑也从另外一个方向下去。

这时幕后传来："拉萨援兵到——"

隆隆的敲鼓声中，群众欢迎队手捧哈达站在两边。

德林代本带着各地的勇士上场。

百姓代表和僧侣代表，向德林代本献哈达、献切玛。德林代本等人一个一个地接受哈达，向群众致谢。

德林　各位僧俗百姓，你们受惊了，原谅我德林来迟一步。在曲米醒果，洋妖耍小聪明，占了我们的便宜。可大家不用怕，今天，我德林来了，要让洋妖知道我德林代本的厉害！

【众人鼓掌，喝彩。

众人再次鼓掌，喝彩。

早已站在群众中的巴贵走到德林跟前。

巴贵　德林代本，早盼你们来，今天终于到了。你们来的好，你们要为兄弟们报仇呀！

德林　你是？

【人群中有人喊："他就是从曲米醒果回来的巴贵。"

德林　噢，你就是那个在战场上英勇杀敌的巴贵吗？

人群　就是他！

德林 好，好！我早已听说了你的勇气。不过你已经负伤了，你就待在江孜好好养伤，等我的好消息吧。我敢保证，用不了几天的时间，我就提着洋妖的头回来。

巴贵 代本大人，依我之见，我们不能这样急着硬拼。

德林 你不是说为弟兄们报仇吗？不硬拼怎么报仇呀？

巴贵 那些洋妖装备精良，洋枪洋炮威力强大……

德林 你是说我们的勇士们不行？

巴贵 我并不是这个意思，可是——

德林 哈！可是什么？

巴贵 可是——

德林 （喊）勇士们，站出来！跟大伙儿认识认识。

【这时从队伍中站出来几个从西藏各地派来的勇士。他们很傲慢地站在那里。

德林 （指贡布勇士）他叫阿达尼玛次仁，是个神箭手，他能一箭射穿一排正在飞行的大雁。

【贡布勇士做了一个射箭的动作。

德林 （指藏北勇士）他叫霍巴丹巴饶杰，他的刀法那更是所向披靡。

【藏北勇士拔出长刀挥舞几下。

德林 （指一个武僧）他叫朵多西饶多吉，是有名的大力士，他能把跑下山坡的牦牛往上给拉回来。

【众人欢呼雀跃。

德林 巴贵，你看到了吧。现在你说说，是他英国人厉害，还是我的这些勇士厉害？

巴贵 勇士们确实武艺高强，可是敌人手里拿的是洋枪洋炮呀！

德林 巴贵，你别老提洋枪洋炮好不好？这是长敌人的志气，灭自己的威风。

巴贵　大人——

德林　我问你，他英国人是不是长着三头六臂？

巴贵　没有，都是跟我们一样长着两条腿儿的人。

德林　只要是人跟人打，我的勇士们是天下无敌的，我们的一个勇士能对付他十个人。

巴贵　大人，仇是一定要报的。可是我们不能靠匹夫之勇。我们要有策略，要有战术呀。

德林　哎呀！你这个小子怎么这么啰嗦。那你的想法呢？这一战怎么打？

巴贵　大人，洋妖虽然武器精良，但我们有我们的优势。首先我们西藏山多路险，他英军不熟悉地势地形，而我们对自己的家乡了如指掌。只要我们用伏袭战术，一定能把洋妖打个措手不及。第二，我们西藏地势高天气多变，洋妖一时无法适应这些。所以，只要我们用声东击西的办法来牵制洋妖，洋妖是一定会晕头转向的。第三，我们西藏幅员辽阔，洋妖远道而来，所以我们先诱敌深入，拖住时间，然后再想办法切断他们的后方支援，让他们弹尽粮绝。这样洋妖自然会不战而退的。

德林　哎呀，婆婆妈妈！杀几个洋妖哪里需要考虑那么多，我德林的刀从来是急性子的，我的勇士们也没有那个耐心！

巴贵　大人，这是战争！怎么能光靠几个勇士呢？你得靠民众，要靠全藏的僧俗百姓。萨迦班智达说过，只要万众一心，小小的蚂蚁也可以征服大狮子。代本大人，请您用您的名望和身份来发动广大的民众吧！

众人　（几个年轻人不约而同）巴贵说的对，代本大人，你就带我们去吧，我们也想去打洋妖。（争先恐后地）我也要去……我也要去！

德林 哈哈！我德林一辈子吃噶厦的军粮，临阵的时候就把胆子扔在百姓的头上？那以后我这张脸往哪儿搁呀？你们还是安心地种地去吧。赶走洋妖是我们军人的事，大家不必操心。

【这时乃宁寺老活佛在随从的簇拥下上来。

老活佛 善哉，善哉！我们出家人以慈悲为怀。听到你们凡人谈论打打杀杀，实在不堪入耳。我今天专从乃宁寺前来这里，想告诉大家，我雪域大地处处都有护法神在守护着。那洋妖是进不了我雪域大地的，你们用不着去打。过几天各路护法神显灵，那时洋妖自然会退去的。

巴贵 大师，英雄格萨尔王说过，光念咒经，咒不倒妖魔，要降妖伏魔，还得要靠手中的宝刀！

德林 大师，巴贵说的对，要打洋妖，还得靠手中的宝刀！

老活佛 （摇摇头）要是你们一定要去打，必定会践踏生命。所以我今天给你们每人求得一个护身符，把它带在身上，愿你们刀枪不入。

【老活佛给每位勇士戴上护身符。

德林 谢活佛，谢了。请老活佛放心，我们一定能够把洋妖驱赶出去。我军一定会取得胜利。一是四周的众神在保护着我们，二是我们有那么多英勇善战的勇士，三是他英国鬼子是送上门来找死的，我们一定能取胜，一定能取胜！

众勇士 （喊）一定能取胜，一定能取胜！

德林 好！

【这时卓玛带着她的侍女们向勇士们敬酒。

当卓玛来到巴贵面前时,两个人同时发现对方是自己寻找多年的人。

在"不画就那么美丽,是老虎身上的花纹。画了就永世不变,是姑娘心中的情义"的优美歌声中两人走近。

两人没有言语,互相把手紧紧地握住。

——幕徐落

第二场

时间 几天之后

地点 乃宁寺

【德林拿着单筒望远镜,向远处望去。勇士们各自站在阵地上。

德林　哈!不敢来了吧。我以为英军是长了三头六臂的猛兽,没想到是一群胆小的野猫。看到我在这里把守,他们一步都不敢前进。哈哈……

【巴贵上。

巴贵　(行礼)代本大人。

德林　噢,是巴贵。我不是叫你待在江孜好好养伤吗?怎么跑到这里来了?

巴贵　大人,我哪里有心思在江孜养伤,我只想奔赴前线,举刀杀鬼子!

德林　也好,你不是作战很勇敢吗?那你就跟我们一起打洋妖吧。

巴贵　谢大人。

【巴丹看到远处的英军,感到有些奇怪。

巴贵　大人,洋妖怎么一动不动呢?

德林　还不是怕我们？看到我们在这里把守，不敢前进呀，简直是一群胆小的猫。

巴贵　大人，依小人之见，洋妖是很狡猾的。不知道他们要耍什么花招。我们每时每刻都要警惕，不能放松呀。

德林　哈哈……要是他们真的过来，那我的勇士们展示武艺的机会就到了。就怕他们像缩头乌龟一样不敢出来。（大声地喊）洋妖们，有本事过来呀，我这只老虎正张着嘴巴等着这个猎物呢，哈哈……

巴贵　大人，乃宁寺是通往江孜的战略要地，要是敌人占领了乃宁寺，那就等于打开了进军江孜的大门呀。所以，千万不能掉以轻心！

德林　巴贵，不是说你作战很勇敢吗？怎么反而怕了起来？

【巴贵看着周围的阵地，然后又看了看前方的英军，突然觉得不对劲。

巴贵　大人，恕小人直言，我觉得应该马上转移阵地，现在我军处境很危险。

德林　转移？为什么？这里是洋妖进军江孜的必经之路，不在这里等洋妖，在哪里等呀？

巴贵　大人，您看看，这座寺庙在高处，正面向着洋妖的营地，要是洋妖用炮一轰，打我们就跟打靶子一样容易。我们不能这样暴露。应该留下几个人引诱敌人，大队人马埋伏在两边的岩石后面，仗一开始，就假装撤退，先让洋妖过去，然后我们从后面追击，把他们一网打尽！

德林　哈哈！你这不是叫我从后面捅刀子吗？告诉你吧！我德林不太喜欢藏在暗处打人。我是一个军人，要打，就应该勇敢地面对敌人，要针锋相对地打，那才叫英雄。

巴贵　大人，我们吃亏就吃亏在这里。这可不是勇士决斗，而是你死我活的战争，战争是要有谋略呀。

【德林代本满不在乎的样子，他挥挥手，表示不再听下去。

巴贵　代本大人，洋妖一定是把所有的大炮对准乃宁寺的。敌人一开炮我们就会成炮灰。

【德林仍不听巴贵的劝阻。

巴贵　大人，快叫兄弟们转移吧！

德林　哪里有炮呀？不信你自己看看。（把望远镜递给巴贵）

巴贵　大人，你是看不到的，他们肯定埋伏在树林子里。快下命令转移吧。

德林　我是堂堂的藏军代本，仗还没开始就让士兵撤退，那以后不成了笑柄了吗。

巴贵　大人，别再这样固执了，快撤退转移吧。洋妖的大炮是很厉害的！

德林　你别老说大炮的厉害！那大炮有什么可怕的？（向英军喊）洋妖们，你们的大炮打过来，我看看厉不厉害，往这儿打过来，瞄准我德林的胸膛打过来，我看看厉不厉害！

巴贵　大人，飞蛾扑向火苗是自取灭亡的愚蠢行为。

德林　愚蠢？你说我愚蠢？大胆！

巴贵　小人不敢。但是，我们这样打是绝对不行的！

德林　住嘴，你算什么勇士，分明是一条胆小的小狗！来人，把这个扰乱军心的人给我拉出去！

【两个士兵把巴贵拉走。

这时从远处传来几声枪响，然后响起急促的马蹄声。

士兵　代本大人，前面过来几队人马。好像是我们自己的人。

【这时仁增少爷带着几个人,骂爹骂娘地上来。

仁增 一群魔鬼,一群狐狸,一群披着羊皮的豺狼!魔鬼,魔鬼,魔鬼……

【德林忙去接仁增。

德林 仁增少爷,怎么啦?

仁增 代本大人,快把你的枪给我,快给我,我要去报仇!

德林 仁增少爷,你快说,究竟怎么回事?

仁增 我和父亲带着一批人到英国人那儿去讲和,没想到他们连听都不听就开枪打死了我的父亲。我现在明白了,跟洋妖讲道理,简直像往毛驴的耳朵里念佛经一样。

众人 仁增少爷,你不要难过。

【有人给仁增递茶、安慰。

仁增 我所崇尚的英国人,原来是一群刽子手,我所向往的立宪政府,原来是一个地道的阎王爷!(大声地责怪)耶稣基督呀!难道你不惩罚惩罚那些你的信徒吗?他们所谓的现代工业净制造杀人的枪炮,他们所谓的现代文明净是一些野蛮的掠夺。这是什么天道呀?

德林 仁增少爷,你不要难过,我德林会为你报仇的。(把大刀举起来)这把刀,在我德林的身上佩带已经有十几年了,今天终于要用在敌人的头上了!

【这时远处开始响起枪声。

德林 勇士们,跟我冲啊!

【炮声隆隆,尘土飞扬,狼烟四起。

德林带着勇士们冲向枪林弹雨。

仁增也抽出自己的腰刀跟着冲下。

惨烈的战争场面。

老活佛从经堂里出来，望了望前方。

老活佛 这雷电般的声音是什么？难道是洋枪洋炮？洋妖真的来了，真的来了吗？难道我雪域众护法神没能阻挡洋妖？菩萨保佑，菩萨保佑我雪域众生。吗呢呗咪哄……

【老活佛静坐在那里，为众生祈祷。

一个小僧人急促地上来。

小僧人 大师，洋妖炮击寺庙，众僧和许多群众困在寺庙里，可怎么办？

老活佛 快带他们从后门撤退！

小僧人 后门已经被洋妖包围了，无法出去。

【老活佛脑子一片空白，只在那里打转。

小僧人 大师，主殿的千年佛祖像已经被炸得残缺不全了……

老活佛 什么？天呢！造孽呀，真是造孽呀！我的千年佛像！那是祖辈们传下来的无价之宝呀！今天让洋妖给毁了。看来这群洋妖不是一般的妖怪，是罪大恶极的魔鬼。我现在明白了，当年为什么格萨尔王大开杀戒。因为降妖伏魔法力不如宝剑。杀，杀，该杀……

【这时几个群众上来。

众人 大师，寺庙四面全都已经包围了，我们怎么办呀！

【巴贵满脸被烟熏黑，衣服也被撕破，持枪上。

巴贵 我和几个民兵从北门杀出一条血路，大家赶快从北门出去吧。

【巴贵带着大家急匆匆地下。

老活佛犹豫了一下，没有跟随大家，而是转身走进经堂。

这时枪炮声又大作，火光冲天，浓烟滚滚。

阿达尼玛次仁和霍巴丹巴饶杰两位勇士，边射箭边撤退到这里来。

这时两个英兵已经上来。英兵把枪口对准两位勇士,两位勇士抽出腰上的长刀,欲冲上英兵,但英兵一开枪,两个武艺高强的勇士就倒在血泊中。

英兵冲过去。

仁增和德林相继上来,见两位勇士倒下,忙去扶起。

德林　阿达尼玛次仁,霍巴丹巴饶杰,你们快醒醒,快醒醒呀!

【这时一颗炮弹在他们身边爆炸,德林用自己的身体盖住仁增,结果自己中弹倒下。

仁增　代本大人,代本大人……

德林　(慢慢地坐了起来)……巴贵,你说的对,洋枪洋炮确实很厉害,震耳欲聋,天摇地晃,一眨眼的功夫就把我雪域几百个最勇猛的英雄化为灰烬。没想到,我真的没想到……巍巍喜马拉雅山,你挡住了我的双眼,滔滔雅鲁藏布江,你捆住了我的双脚。我今生输就输在不知道山外的世界。愿佛祖保佑我,愿菩萨超度我,愿我来世生到一个能俯瞰世界的地方。

【巴贵上。

巴贵　代本大人,您受伤了?(责怪自己)怪我没有把你救出去。(痛苦地哭)

德林　不,我不怪你。怪就怪我没听你的忠告。我应该听你的话打伏击战,不应该硬碰硬。

【巴贵走到代本跟前跪下。

德林把自己的指挥刀从腰间慢慢抽出来,用衣袖轻轻地擦了一下刀刃,然后把刀用双手交给巴贵。

德林　巴贵，这把战刀在我身上佩戴了十几年，遗憾的是我没能把它砍在敌人的头上。现在我要把它交给你，希望你带上它，用你的英勇和智慧为雪域儿女报仇雪恨。

【巴贵接刀。德林代本微微一笑，

德林　（向天大声呼喊）天呢，我死得惨，死得怨，死不瞑目呀……

【说完德林带着遗憾离开了人世。

巴贵和仁增　（呼喊）代本大人，大人……

【主题歌《家乡的年曲藏布》响起。

仁增　一阵炮声，把我从睡梦中叫醒了。巴贵，你是一条汉子，是个真正的英雄。虽然我生在豪门之家，你出生在贫穷人家。但是在这场赶走洋妖，保卫家乡的战争面前，我们没有高低贵贱之分。从今以后，我愿把你当作我的兄长，我们两个携手同行，打击洋妖。为代本报仇，为死去的同胞们报仇！

巴贵　（紧紧抓住仁增的手）仁增，我的好兄弟！（两人拥抱）

【这时老活佛抱着一个盖满尘土的木箱从经堂里出来。老活佛把木箱放在众人面前，把上面的尘土用嘴吹开，然后他打开木箱，小心翼翼地从里取出一支陈旧生锈的老火枪。

老活佛　（把枪拿在手上）这支猎枪，在我这古老的寺庙里沉睡了很久很久，自从佛光普照我雪域群山，每一个繁衍生息在这片土地上的生灵都自由自在、平平安安。这支猎枪也长久地躺在那阴暗的角落里。记得小时候师傅对我说过，我们佛门弟子以慈悲为怀，以行善事感化天下。但是，也许会有那么一天，一群吃人的魔鬼，凶残的异教徒来到雪域，毁我佛法，杀我百姓，到那时，就把它用上。今天我明白了，吃人的魔鬼来了，凶残的异教徒来了。（把枪交给仁增）孩子，把它拿上，用它去伸张正义，降妖伏魔吧！

【仁增接枪，这时炮声隆隆，火光冲天。

小僧人 大师，洋妖已经把供有主尊佛像的主殿给烧了！

【听到这个话时老活佛并不慌张，他很从容。

老活佛 什么？主殿烧了？

【众人开始慌乱。

巴贵 大师，我们赶快离开这里吧。

老活佛 你们走吧，我不走！我一辈子跪拜佛祖，终日为天下众生祈祷，愿此生跟这座寺庙共存亡。你们走吧！

巴贵 大师……

仁增 巴贵，大师决心已定，我们还是带着大伙儿走吧。

【仁增扶着巴贵跟众人恋恋不舍地下。

悲壮的音乐起。

熊熊的烈火燃烧整座寺庙，舞台天幕一片火海。

老活佛从容地向火海走去。

悲壮音乐大奏。

——幕徐落

第三场

时间 几天之后

地点 多情湖畔

【蓝天白云,雪山草原,湖水清澈,景色迷人。

在高处的旧佛塔前面,卓玛和她的侍女巴桑虔诚跪拜,祈祷,焚香,插经幡。

卓玛 (眺望远处)巴贵他们去哪儿了呢?

巴桑 还有仁增少爷。

卓玛 对,还有仁增。

巴桑 小姐,你关心的究竟是仁增少爷?还是巴贵大哥?

卓玛 我……都关心。

巴桑 小姐,这几天您的嘴里老是离不开巴贵这两个字,我看你更关心巴贵吧!

卓玛 你这丫头,他们是死是活还不知道,你还有心思说玩笑的话。

巴桑 呵呵,对不起小姐,看到你这几天老是着急的样子,我心里实在受不了,所以想让你开心开心。

【巴桑想尽办法让卓玛分心。

巴桑 小姐,您看,这里景色多美呀,咱们歇一会儿,吃点儿东西吧。

【两人吃东西。

巴桑无忧无虑地唱了起来。

卓玛　巴桑，我真是羡慕你。

巴桑　什么？羡慕我？我一个当佣人的有什么可值得您这个千金小姐羡慕的？

卓玛　我羡慕你的地方多了。你们没有那么多规矩，自己喜欢谁就可以嫁给谁。哪像我们，怕破坏祖上的规矩，怕损坏贵族的名分。

巴桑　小姐，你真的一直喜欢巴贵大哥吗？

【卓玛默认。

巴桑　那当初你们家为什么要赶走巴贵哥？

卓玛　巴桑，虽然你天天跟着我，可你一点也不知道贵族小姐的苦衷呀。有的时候，我真的想当一个下人。

巴桑　这还不容易？从明天开始，我来当小姐，你来当佣人，怎么样？

卓玛　（开心地笑了起来）真有你的……

【两人又嬉笑了起来。

这时远处响起两声枪响，两个女孩很害怕地抱在一起。

急促的马蹄声，巴贵和仁增上来。

仁增　（见到卓玛和巴桑，惊喜地）卓玛，是你们！你们这是上哪儿去？

卓玛　你们来得太好了！我们正准备找你们去呢！

仁增　乃宁寺兵败之后，我们被打散了。噢！对了，我来介绍一下，他叫巴贵，是——

【这时卓玛和巴贵已经面对面地站着，深情地凝视着对方。

卓玛 不用你介绍，我们早认识。

仁增 怎么？你们互相认识？

巴桑 仁增少爷，巴贵大哥以前在小姐家当过佣人。

仁增 是吗？我怎么不知道？

巴桑 那时，你还在印度呢。

仁增 噢，原来是这样。那太好了，我告诉你，巴贵现在已经是我的结拜兄弟了。你知道吗？这次要不是巴贵救了我，你就见不着你的仁增了。

巴贵 卓玛小姐，现在到处都是洋妖，你们这样出来是多么危险呀！

巴桑 没有你们的音讯，小姐茶不思、饭不想，在家里坐不住呀！

仁增 巴桑，你赶紧带着小姐回去，这里很危险。

卓玛 我不回去。

仁增 巴贵，我们现在该怎么办？

巴贵 （想了一下）现在天色已晚，前方又被洋妖占领。我看今晚就在这里找个地方住下来，等明天天亮再做决定。

卓玛 我也跟你们一起去。

【灯光暗转。

等灯光复明时时间已经到了深夜子午时辰，满天的星星和一曲低沉的竖笛声轻轻地吹，给人一种万里高原一片宁静的感觉。

巴贵慢步出来，坐在石头上沉思。

巴贵 （望着星空）在天边，几颗星星在不停地闪烁着，那一定是代本、老活佛还有死难的弟兄们的英灵在看着我们。

【卓玛已经站在巴贵后面。

卓玛　巴贵,你睡不着吗?

巴贵　在乃宁寺,洋妖杀死了我们那么多的同胞兄弟,我哪里有心思睡觉呀!

卓玛　我也睡不着。

巴贵　这群洋妖,今天占领这小小的河谷,明天会占领年楚河流域,后天会侵占整个西藏!西藏就像一条羊腿,会一刀一刀地被他们割掉。若是这样,我们怎能对得起祖先?怎能对得起生活在这片土地上的僧俗百姓?

卓玛　你看看那边,那颗星星那么的明亮,它一定是在指引我们活着的人,我们要继续战斗,消灭洋妖,报仇雪恨!

【舞台沉静片刻。这时,远处传来老艺人旺堆弹唱的歌声。

巴贵　多好听啊!自从草原上响起了枪声,我再也没有听到老艺人这悦耳的歌声;自从大地上燃起了战火,我就再也没有看到那吉祥的白云。卓玛,让我们一起来诅咒战争,祈求上苍,让我们来生来世……

【卓玛未等巴贵说完,忙上前堵住他的嘴,轻轻地摇了摇头,二人对视片刻。

卓玛　巴贵,已经五年了,这五年里你到底上哪儿去啦?

巴贵　是啊,整整五年。当年我离开你们家以后到处流浪,后来我到了山南,投靠了一个主人,后来又替主人服兵役,在拉萨当了藏军。这次本来官府让我带兵护送谈判代表,没想到在曲米醒果上了敌人的当,全军覆没。如果我不能报仇雪恨,我就没脸回拉萨。

卓玛 巴贵，等打完仗，你要回你主人的身边吗？

巴贵 我只能回去。

卓玛 难道你不想留在生你养你的江孜吗？

巴贵 江孜？多么美丽的家乡呀！可是如今，我在这里连一个亲人都没有。

卓玛 巴贵，你别这么说，这里有你的亲人，有你最最亲爱的亲人。

巴贵 （忙转开话题）卓玛小姐，天真冷啊！

卓玛 巴贵，难道你……

巴贵 （再次打断）卓玛小姐，不知我们的弟兄们现在都上哪儿去了。

卓玛 巴贵，你为什么老是打断我的话？你是不是怕我提起过去的日子？是不是怕我又要欺骗你的感情？是不是？五年啦，别人怎么看我不管，可是你……

巴贵 过去的事情，请别再提它了，好吗？

卓玛 不，这块石头压在我的心头上，已经整整五年了，今天我要当着你的面把它搬走，把它搬走！

巴贵 请你别再说了！自从你们家把我像牲畜一样赶出家门以后，我就极力地提醒自己要忘记过去的一切。所以，请你别再提它了！

卓玛 巴贵，你好糊涂呀！当年我的阿爸把你领回家，我们两个就一起长大、一起学字，你天天教我骑马，玩羊骨子，我们一起在山上甩"哦尔多"。你应该明白我心里想的是什么。后来的一切都是阿爸与宗本为了家族的利益，才设下圈套，把我们生生拆散的呀！

巴贵 （一惊）什么？与仁增少爷订婚不是你的本意？

卓玛 仁增一直在印度上学，我连见都没见过。当时我们都蒙在鼓里，等我知道一切的时候，阿爸又说，你已经死了……（哭）

巴贵 原来是这样。

卓玛 你走后，我心里一直是空荡荡的。几次都想削发为尼，可又总是梦见你。心想出家修行，爬上甘丹山岭，见不到喇嘛的圣容，却见恋人的身影。

【听到卓玛的话，巴贵强忍着胸中涌动的感情，他尽力地克制住自己。

巴贵 （装作不在乎的样子）卓玛小姐，你可别自作多情，我从来就没有喜欢过你。

卓玛 不，你喜欢我！还记得吗？有一次你教我骑马，我从马上摔了下来，我就躺在地上装死，当时你喊天呼地的样子，我永远都不会忘记。从那时起，我就知道，世上最疼爱我的人就是你！

【少顷，音乐起。

卓玛慢慢地把自己的腰带解开，把腰带一头放在巴贵手里，随之转动自己的身体，腰带越拉越长，巴贵终于明白了卓玛将要做什么。于是把手一松，但腰带已经全部已解开。巴贵痛苦地转过脸去。卓玛跑上从背后把巴贵紧紧地抱住。

巴贵 卓玛，你要干什么？

卓玛 虽然我今生没有做你妻子的福分，可是我不想让命运折磨我。也许今天晚上，是上天赐给我们的时间，就让我了却自己的心愿吧！

【片刻后，卓玛突然松手向后走去，巴贵忙转身欲拉，却从卓玛身上拉下了已解开扣子的上衣。卓玛从容地向里走去，边走边脱掉衣服，一件又是一件，脱下来的衣服随手扔在地上……

民歌起：

> 不画就那么美丽，
>
> 是老虎身上的毛皮，
>
> 画了就永世不变，
>
> 是姑娘心中的情意。

这时仁增上来，他把这一切都看在眼里，似乎不敢相信自己的眼睛。

仁增 （厉声地）巴贵！

【卓玛和巴贵这才知道旁边还有第三个人。

仁增 巴贵，你这个狡猾的骗子。你口口声声说什么我们是手足兄弟，骨肉同胞。没想到你的所作所为连猪狗都不如，呸！

巴贵 （沉默不语）……

仁增 怪我瞎了眼，我还把你当成英雄，其实你是小人一个。（对卓玛）你这样做，难道就不觉得丢脸吗？你这样对得起我吗？

卓玛 要说对不起，我对不起的只有一个人！

仁增 是谁？

卓玛 是巴贵！

仁增 就因为他救过我的命？

卓玛 不，是因为他曾经拥有过我的心。

仁增 这——

卓玛 其实，你心里是明白的，我跟你在一起是家族的联姻，而我跟巴贵在一起是心灵的靠近。

仁增　好，好。今天不提家族和身世。（对巴贵）作为男人，我也要跟你比个高低。比武的我也许不如你，比文的你巴贵不是我的对手。为了男子汉的尊严，我不想占你半点儿便宜，我要跟你比武。

【仁增抽出腰刀挑战巴贵，巴贵始终不动手。

仁增出手后，巴贵用一个很轻松的借力就把仁增掀倒在地，然后拔出腰刀架在仁增脖子上。

仁增　（挣扎着）要杀就杀吧，别再污辱我！

【巴贵把刀收起来。

巴贵　仁增，假如没有这场战争，我们两个也许真的要斗一回，可如今大敌当前，我们只有团结，我们只有绑在一起，我们只有放弃自私和狭隘。有了酥油茶，糌粑才能捏在一起，有了金丝线，散落的珍珠就能串在一起。

【说完巴贵下。

仁增　卓玛，你刚才所做的一切都是一时糊涂，是巴贵迷惑了你，不是你的本意，对吧？

卓玛　错了，是我主动要做的。

仁增　你，你为什么这样做……我哪点不如他？我难道连一个下人都不如吗？

卓玛　仁增少爷，你以为你读过几本书就比他强？你以为你出身豪门就比他高？错了，你有他那样坦荡的胸怀吗？你有他那样的刚强的毅力吗？

仁增　（望着天问）老天爷，难道我真的不如他吗？我读的书比他见过的书还多，难道这不够吗？我拥有的财富，比他摸过的东西还多，难道这也不够吗？

卓玛　巴贵心里装的是西藏的大山大河，你心里有吗？巴贵心里想的是僧俗百姓的安宁，你心里有吗？

仁增　这……卓玛，你告诉我，那我应该怎么做？

卓玛　只要你从今天开始放下你的豪门少爷的架子，跟着巴贵，带领乡亲们把洋妖赶出家门，我卓玛的心扉就会对你敞开的。

仁增　好，你等着。你会看到我仁增勇敢的一面！我要拿几个洋妖的人头来跟你谈！

【说完仁增奔向英军营地。

卓玛　仁增，你要去哪里？

——幕落

第四场

时间 第二天夜晚

地点 英军营地

【幕启：在一处残破的寺庙里设有英军的临时指挥所。哈里很苦恼的样子，在台上来回走动。

哈里 （他手里拿着一杯酒，拿到嘴边，又狠狠地摔在地上）这群野蛮人，弄得我军无法前进。我军已经在这里困了几个月的时间，照这样下去，我怎么跟总督阁下交代，怎么跟议员们解释？女皇陛下不允许我在这里浪费这么长的时间！史密斯，麦克唐纳将军派来的运输队什么时候从亚东出发的？

史密斯 据上次的电报，已经有五天了，照这样算，应该今天到的。

哈里 应该到，应该到！（着急地来回走动）

史密斯 上校先生，会不会路上又……

哈里 不，不……史密斯，快闭上你的嘴！不会的，不会的！请你别在我面前做那种可怕的猜测。

哈里 汤姆！

汤姆 在，上校。

哈里　发给伦敦每日新闻的稿件写好了没有？

汤姆　写好了，上校。

哈里　怎么写的？你给我念一下。

汤姆　（念）我军本来可以按照计划进军江孜，但一路上遇到当地军民的强烈抵抗，每次战役我军都有大批的官兵伤亡。现在藏人常常组织民兵袭击我军运输队，弄得我军物资紧缺，处境十分艰难。

哈里　NO，NO……不能这样写，虽然这个民族就像一只发怒的狮子难以驯服，但是我们向世人发布消息时还是要说她愚昧、无知、软弱、无能，是一群处于原始社会的野人。我军征服它只是举手之劳。

汤姆　知道了，上校。我马上去改。（进里屋）

哈里　杰克！

杰克　在，上校。

哈里　给藏方头目的招降书送出去了没有？

杰克　报告上校，早已经向各藏兵头目和地方有名望的人士送出去了。

哈里　很好！但愿这个鱼钩放出去以后，能够钓上几条愚蠢的大鱼来。

杰克　放心吧，上校。

【这时远处响起枪声。

哈里　（有些紧张）又是那些野蛮人在闹事？

【这时玛丽急匆匆地上。

玛丽　上校先生，请您赶快想个办法呀，赶紧，赶紧！

哈里　你没看到我急得快要发疯了吗？（知道自己失控，改口）对不起玛丽，我实在没办法。

玛丽　上校先生,我们的药什么时候到呀?刚才几个伤员又因为没有消炎药而死去了,更多的伤员还在那儿忍受着巨大的疼痛呀。

哈里　玛丽,再等几天。也许我们的运输队明天就到了。

玛丽　等,等,等!等到什么时候呀?难道你不知道那些伤员度日如年?我看到那些伤员的痛苦,都快要发疯了。

哈里　女人,这就是女人。玛丽,要是你不忍心看到他们受苦,你就往那些重伤员的血管里注射水,让他们安心地死去吧。

玛丽　太可怕了,太可怕了!我要回去,我要回英国!我实在难以忍受这血腥的味道!

哈里　回去?玛丽,难道你要当逃兵吗?这样你要接受军法处置的。

玛丽　(哭着)我要回去,我想念我的家乡,想念英格兰的海滩。我要回去……我要回去,好好的太平日子不过,我们为什么要到这里来打仗?

哈里　玛丽,难道你不想当西藏总督的贴身秘书吗?我已经向你保证了,等我们占领西藏,我将会成为第一任西藏总督,到那时我要让你成为拉萨最有地位的女人,到时候你要权有权,要财富有财富!

玛丽　不,我什么也不要!这个民族不是我们想象中那样软弱无能,愚昧无知!以前我们只看到他们的政府腐败,官员无能,经济落后,武器低劣,而不了解他们的文化传统和精神世界。我现在开始明白,这个民族就像一只睡醒的雄狮,我们是无法驯服它的。上校先生,求求你,让我回去吧。

哈里　亲爱的玛丽，坚强一点。一切都会过去的。

玛丽　不会过去的。我害怕，我害怕！昨天晚上那个藏人，闯入我军营，把雪亮的刀对准我的时候，我就明白了一切。从现在开始死神一直缠绕在我的身边。那把在月光底下发亮的刀，我一生一世都不会忘记。

哈里　（摸了摸自己的伤口）是啊，可怕的夜晚。那个野蛮人杀死了我五个官兵。幸亏他没找到我，不然我也没命了。

玛丽　那种不怕死的人，才是最可怕的。

哈里　（喊）来人！

英兵　到！

哈里　快把那个刺客带上来！

【几个英兵把仁增带上来，仁增被英军打得遍体鳞伤。

哈里　小子，怎么样？得罪我大英帝国的滋味不好受吧？

仁增　（用英语）我最大的遗憾就是没能把你这个魔鬼的头目杀死。

哈里　噢，你会说英语？

仁增　（用英语）当然会，我还会用英语骂你们，我要骂你们是一群魔鬼！

哈里　（好像认出来了）噢，我认识你，你就是那个想劝我军撤军的人？

仁增　当时我真是瞎了眼，把你们这些魔鬼当成了贵客！

哈里　别这样说嘛！难得在这个野蛮人的土地上遇到一个有共同语言的人，这简直是一个奇迹。喂，小子，既然我们都能讲英言，那我们应该成为朋友才对呀，不应该成为敌人。

仁增　哈哈……我是高贵的雄狮,你是凶残的豺狼!雄狮和豺狼怎么能够成为朋友呢?

哈里　你!小子,你该明白,你杀了我五个弟兄,这是不可以饶恕的罪行,你要为这个付出生命代价!不过,如果你跪在我的面前,大声地说"大英帝国是世界上最伟大,最优秀,最文明的国家",那我就免你一死。怎么样?

仁增　你们是世界上最野蛮、最残暴、最自私的人,是一群魔鬼!

哈里　大胆!

仁增　呸!高贵的雄狮决不会向豺狼求饶。英雄格萨尔说过,"像狐狸一样夹着尾巴逃命,不如像老虎一样带着花纹死去"。你们想杀就杀吧,菩萨会保佑我的灵魂的。

哈里　(指着旁边被炮炸残缺的佛像)菩萨保佑?哈哈……你看这是什么?是菩萨。你们的菩萨连自身都保不住,还能保护你们?

【玛丽上来。

玛丽　上校先生,我们的运输队又遭袭击了,军需物资全部被劫了。

哈里　什么?!(生气地敲桌子)看来,上帝也不帮我们。难道上帝也不宽恕我们吗?

仁增　哈哈……(得意地笑)

【一个英兵上来。

英兵　上校先生,外面有一个单枪匹马的藏兵,说要见您。

哈里　他是干什么的?

英兵　上校先生,那个人说要把这个交给你。

【英兵把一封信交给哈里。

哈里 （看信）这不是我军发出去的招降书吗？

英兵 上校先生，从现在开始有人帮我们的忙了。

哈里 把他带上来。

【几个英兵带着巴贵上来。

巴贵给仁增使了个眼色，但是仁增好像没明白过来。

哈里 （打量着巴贵）很好，希望你是一个听话的家伙。告诉我，你是什么人？

巴贵 （不语）……

英兵 （好像认出来，很害怕的样子）上校，他好像是巴……贵……

哈里 噢，你就是巴贵？民兵队的头目巴贵？

巴贵 我就是！怎么样？

哈里 你的名字在我军中很响亮呀。说，你来这儿想干什么？

巴贵 你是哈里上校？

哈里 你认识我？

巴贵 在曲米醒果，你杀了我的那么多兄弟，我怎么能不认识你呢。

哈里 你是曲米醒果事件的幸存者？怪不得有些眼熟。不过，今天你是来投降我们的，只要你以后再也不给我们制造麻烦，我就不再计较过去的事情。

巴贵 谢谢你的宽宏大量。

哈里 你真的是来投降的吗？要是真的来投靠我们，你一定会有你的目的，你说说，是想做将来的江孜宗本？还是要到拉萨去做更大的官？

巴贵 这里有这么多人，我怎么说呢？

仁增 （以为巴贵是真的要投降）巴贵，你……叛徒！你这个叛徒！

【哈里使了一个眼色，英兵们带着仁增下去。

巴贵趁哈里不注意，敏捷地把他身上的手枪夺过来，对准哈里的脑袋。

巴贵 别叫，不然我就崩了你的脑袋！

哈里 巴贵，你别这样，大势所趋，你们是赢不了这场战争的，等我们占领了拉萨，我会给你封官授爵的。你还年轻，应该为自己想想呀。

巴贵 哈哈……你以为我们藏族人也跟你们英国人一样，是一群贪图享乐的人吗？错了，我告诉你，生活在这片土地上的人，个个像林中的竹子一样正直，个个像山上的白雪一样纯净无暇。你们的这种卑鄙手段在这里是无济于事的。我告诉你，这里没有一个人愿意投靠你们，这片土地上的儿女们已经做好了准备，就算男尽女绝也要跟你们斗下去。上校先生，没想到吧？这把手枪还是你们自己造的，没想到反而用在你们自己的头上了，快跪在地上！

【在巴贵的逼迫下哈里只好举起手，跪在地上。

巴贵从腰间拿出那条血染的哈达。

巴贵 你睁大眼睛好好看看。这是我在曲米醒果战死的弟兄们的鲜血，你要对着这条哈达，磕三个响头！

【哈里在巴贵的逼迫下磕头。

不一会儿后面响起了厮杀声。

巴贵 听见了吗？这是我们的勇士们的声音！

【这时玛丽从后面把枪对准巴贵的头。

玛丽 快放下你的枪。(对哈里)上校,快走……

【哈里抱着头跑下。

藏军勇士陆续上来。

台上一片混乱,厮杀声四处响起,在慌乱中玛丽被乱枪击中,她惨叫一声就倒下。

一阵过后,仁增和其他人员上来。

仁增 巴贵,哈里抓住了吗?

巴贵 没有,让他跑了!

仁增 让他跑掉了,没有抓到哈里真是遗憾!

一个年轻人 不过我们缴获了很多枪弹,收获很大。

巴贵 好,这次夜袭很成功!但洋妖是不会甘于失败的!他们回到亚东总部以后一定会带更多的人打回来的。大家马上回到宗山上去修炮台,宗山是阻击敌人进军拉萨的战略要地。我们死也要保卫宗山!

众人 (大喊)赶走鬼子!守住宗山!赶走鬼子!守住宗山!

——幕徐落

第五场

时间 藏历五月下旬

地点 宗山上

【幕启。

在枪炮声和厮杀声中,幕徐徐拉开。

浓烟四起,火焰冲天的战场。

人群跑来跑去。枪炮声和厮杀声中还能清楚地听到:"洋妖,我跟你拼了……""我操你八辈祖宗……""巴贵,我们的土炮根本够不着了……""弟兄们,我们要誓死保卫宗山……"等等。

随着灯光转换,场面渐渐地平静下来。

勇士们在舞台各处手握武器守住自己的阵地。

巴贵走到台中央。

巴贵 好,好,勇士们打得好呀!

一个勇士 巴贵,敌人的进攻又一次被打退了!

巴贵 好!很好!不过,不能有丝毫的松懈。洋妖还会打过来的。

众 是!

巴贵 仁增!

仁增 在！（来到巴贵跟前）

巴贵 你组织一批人，赶快把炸开的缺口修好。

仁增 是！（下）

巴贵 旦达大哥！

勇士 有！（来到巴贵跟前）

巴贵 你组织一批人，在各阵地摆好石头，等敌人靠近了就用石头砸。

勇士 是！

【阵地忙碌的场景。

巴贵 趁着这机会，大家好好休息休息，准备迎接下次战斗。

【众人就地休息。

巴贵仔细看勇士们，发现大家由于断水嘴唇干裂。

勇士们实在渴得厉害，有的把脸贴在土里，希望碰着湿土。

巴贵把自己身上的水壶拿下来，打开盖想把里面的水倒在碗里，但水壶里一滴水也没有。

巴贵 卓玛，还有水吗？

【卓玛摇头。

巴贵 想办法，想办法呀！

卓玛 自从敌人切断了水源以后，我们已经想了好多好多的办法，可是始终找不到水。

巴贵 仁增，打水的暗道没有挖通吗？

仁增 我们挖了多少，洋妖就炸毁多少，根本就挖不通。

【这时从后面响起两声枪响，随后传来有人掉下悬崖的惨叫声。

巴贵 怎么回事？

一个勇士 （上）山下的百姓又遇难了。这几天山下的百姓知道我们断水，就不顾自己的性命给我们送水来，可是最后都一个个地死在洋妖的枪炮下了。

巴贵 勇士们，大家振作起来！洋妖虽然切断了我们的水源，可是洋妖无法切断我们的斗志！（指着前方）大家看看，山下流淌着美丽的年曲藏布。你们知道这条美丽的河流是怎么流到我们的家乡吗？那是在很久很久以前，雪山女神赐给大地一滴甘露。后来那一滴甘露变成了美丽的年曲藏布，从此，这片神奇的土地上，青稞飘香，牛羊肥壮，歌声嘹亮。我们的祖先在这条母亲河的两边幸福地生活了一辈又一辈。这条河，自它诞生之日起，就从没有断流过。所以，我们的勇气也不能断啊！

【众勇士听巴贵一席话，都振作起来。

西饶多吉 巴贵，我愿意带几个人，再去试一试，我一定弄点儿水过来。

巴贵 好。那你自己多保重。

西饶多吉 是。（下）

仁增 我也跟你去。（跟着下）

【众人由于极度缺水，嘴唇干裂，全身无力。其中一个年纪大一点的勇士被严重缺水而倒下。

卓玛 大伙儿已经三天三夜没有一滴水喝。勇士们饥渴难忍，好多人甚至喝了自己的小便来解渴。

【一个勇士疯疯癫癫地，嘴里说胡话"水……水……"。他忽然看到了一个火药包，他把炸药包抱在怀里，众人想阻止他。可是谁也阻挡不了。他抱着火药包跳下悬崖。一声巨响，他壮烈牺牲。

巴贵被勇士的举动深深地打动。他拔出长刀，在自己的胳膊上划了一刀。

巴贵 弟兄们，来，快来吸一口！我从小喝着年曲藏布的水长大，你们就把我的血当作年曲藏布的河水吸吧。

【卓玛给他包扎。

众人很感动地抓着巴贵的手。

大家不说一句话，把手紧紧地抱在一起。

这时又响了两声枪响，随后传来"啊——"的一声。

仁增 （急上）巴贵，巴贵——

众人 怎么拉？

仁增 西饶多吉他——

巴贵 他怎么拉？

仁增 西饶多吉他中弹掉下悬崖了——

【这时一个勇士报。

勇士 大家看，有人上来。

众人 （认出前面过来的人）是巴桑！

卓玛 巴桑，巴桑……

【受重伤的巴桑上。

巴贵、卓玛、仁增等人围在巴桑跟前。

卓玛 巴桑，你这是上哪儿去了？

巴桑 我看到大伙儿都渴得受不了，就偷偷下山去找水，在回来的路上被洋妖发现，他们开枪打碎了水壶……（她手里还紧紧地抓着一块陶壶的碎片，拿出来给巴贵等人看）。巴贵哥，快把我的邦典解下来。

【巴贵把巴桑的邦典解下来。

【巴桑把邦典交给巴贵。

巴桑　巴贵哥,我把剩下的水都浇到这个邦典里面,快让大家吸吸这个邦典……

【巴贵点点头。

【巴桑奄奄一息地抓紧卓玛的手,深情地看着她。

巴桑　卓玛小姐……我可以叫你一声姐姐吗?

【卓玛点点头。

巴桑　卓玛姐姐……我……不能参加你……的……婚礼……我不能参加……

【巴桑话还没说完,就垂下了头。

众人　巴桑,巴桑——

卓玛　(抱着巴桑,痛哭)巴桑……巴桑……

【众人向巴桑行礼。

卓玛　巴桑去了,她带着干裂的嘴唇去了。她没来得及喝上一口她用生命换来的水,就这样去了。

众人　为巴桑报仇……为西饶多吉报仇!

【这时山下的敌人高声喊话:"山上的人们,注意听着,你们已经被包围了,如果你们放下手中的武器,向英军投降,就可以同家人团聚。但如果你们继续抵抗,就只有死路一条!你们的水源已经被我们切断啦,你们不被打死也会被渴死的。快投降吧,英军会给你们一条生路的……"

众人　绝不投降,绝不投降!誓死保卫宗山!

巴贵　勇士们,不要以为我们是孤立无助的,山下的百姓们跟我们在一起,在拉萨、藏北、康区、贡布……全西藏的僧俗百姓跟我们在一起!

众人 誓死保卫宗山！誓死保卫宗山！

【这时老艺人旺堆把六旋琴抱在怀里，弹奏了一曲慷慨激昂的曲子。

随着老艺人的琴声，大家再一次振作起来。

在老艺人的琴声中，众人在巴贵的指挥下又开始了一场新的战斗。

激烈的战争场面持续一段之后，突然一声巨响，震耳欲聋。老艺人的琴弦也断了。

舞台渐渐地变得平静。

藏兵 （上）巴贵，我们的火药库被炸了！

巴贵 什么？！（很无奈的样子）

众人 怎么办？巴贵，怎么办？

巴贵 （沉着冷静地）勇士们，不要惊慌，不要害怕。我们是松赞干布的子孙，我们决不能给祖宗丢脸。就算今生赶不走洋妖，来世也要生在雪域继续跟洋妖斗下去！

仁增 今生洋妖欺负我们，是因为我们没有大炮。没有大炮，就只有挨打。不过，我想我们的子孙后代继续会跟洋妖斗下去的。总有一天我们会胜利的。洋妖不敢欺负我们的日子终究会到来的！

【这时老艺人走向高处，敲起了战鼓。

战鼓声像巨大的心跳声一样地响起，鼓声越来越激烈，越来越响彻。振奋人心的鼓声，激励着勇士们勇敢地投入战斗。雪域儿女的怒火声，威震于天地之间。

鼓声节奏从高潮渐渐地变慢，随着鼓声的削弱，四周的勇士们也一个接着一个地倒下，再也站不起来。

最后老艺人也趴在鼓上死去。

随着灯光的变化，四周的战斗场面慢慢地进入一种梦幻般的状态。

巴贵、卓玛、仁增三个人慢慢地从死尸堆中站了起来。

巴贵　卓玛、仁增，你们过来。

【巴贵把巴桑留下的邦典拧紧，拧出了几滴血和水混合的液体，滴在木碗里。

巴贵　（把碗递给卓玛和仁增）仁增、卓玛，今生一段美好的姻缘，把你们俩连在一起。这是巴桑的愿望，也是我的愿望。今生的愿望就让今生了却，别把它带到来世去。把这碗巴桑用生命换来的水当作你们的喜酒，你们两个一起把它喝了吧。

仁增　（把碗递给巴贵）不，今生有缘的是你们俩，这喜酒应该你们两个一起喝。

卓玛　巴贵，仁增，你们俩都是雪域的优秀男儿，都是我心中的英雄。博大的喜马拉雅山给了我们博大的爱，让爱的白云在高空自由地翱翔吧。如果你们愿意，就让我们三个人一起喝了这碗酒，好吗？

【巴贵和仁增对视片刻，然后微微点了点头。

最后三个人的手握在一起。

战场上满地都是横七竖八躺下的勇士，他们的心跳已经停止，但是似乎从天地之间传来的心跳声又"砰砰"地响起。

巴贵　代本大人，我们没有向洋妖低头。

仁增　父亲，儿子没有给你丢脸。

卓玛　巴桑，我的好妹妹，你的愿望已经实现了。

【舞台一片红光。

在雄壮的音乐中巴贵、仁增、卓玛三个主人公慢慢地走向悬崖。

——幕徐徐落

（本剧获得西藏自治区珠穆朗玛文学艺术奖）

庆祝改革开放30周年献礼剧

扎西岗

（本剧2008年由西藏话剧团演出）

人　物

贡　觉　男，50多岁，农民。
巴　丹　男，30岁，贡觉长子。
扎　巴　男，20多岁，贡觉次子。
卓　嘎　女，28岁，新任年轻乡长。
梅　朵　女，17岁，贡觉女儿，高中生。
罗　布　男，20多岁，村民。
牧羊叔　男，50多岁，罗布的父亲。

群众若干

第一场

时间 当代某年的春天

地点 西藏某村村头的大柳树下

【幕启:迷人的藏乡田野风光,蓝天白云,远处的群山如诗如画。一望无际的青稞田地里麦浪滚滚,金灿灿的油菜花满地盛开。

舞台的一侧有一棵大柳树,大树树干粗壮,枝繁叶茂。扭曲的树根从地底下伸到了地上,仿佛是放大了的老人胡须。从这棵树足以让人联想到扎西岗的过去和现在。

牧羊叔在大树底下正在吹笛子。

贡觉背着一个箩筐上来。

贡觉 牧羊叔,你吹得真好听!再吹一曲好吗?

牧羊叔 你想听吗?

贡觉 想呀。

【牧羊叔又吹了一曲。

贡觉 真好听。牧羊叔,我记得你小时候特别喜欢吹笛子,可是最近几年好像没见过你吹笛子。

牧羊叔 是啊!自从我老伴去世以后,我就再也没吹过笛子了。

贡觉 那今天为什么又吹了起来？

牧羊叔 我这是高兴呀！你看看，家乡变化太大了。看到自己的家乡变得这么美丽富裕，我打心眼里高兴。所以吹了一曲，表达我的心情。

贡觉 是啊！家乡变化实在太大了。

牧羊叔 （指着前方）你看看，这么多新房子，好像是这几年突然从地底下长出来似的！

贡觉 是啊！这几年政府帮我们搞安居工程，村里的房子一家比一家漂亮，一家比一家气派呀！

牧羊叔 要说漂亮，你们家的房子算是最漂亮的了！你们家房子盖得真好啊！太漂亮了，太气派了！哎呀！真不敢相信。记得以前你们是全村房子最差的一户人家。可是现在村里房子最好就要数你们家的了。真是翻天覆地呀！

贡觉 是啊！以前我那老房子又小又破，整个屋子除了一个小天窗外，连个窗户都没有，里面黑乎乎的，白天也需要点灯。

牧羊叔 对呀！村里人把你们家的房子比喻成什么来着？对对，叫怕仓！

贡觉 对，对！是牛圈的意思。那房子不光黑暗，一到夏天，下起雨来，房前屋后积满污水。要是下起暴雨，还有坍塌的危险，每天晚上提心吊胆的，睡都睡不安宁。（欣赏着）哎！你们家的房子也不错呀！墙体是精加工石头砌成的，窗户是铝合金的，真漂亮。

牧羊叔 哎！再漂亮也是靠政府的帮助才盖起来的。你的不一样啊！你家房是用你家老大巴丹养牛赚来的钱盖的，不一样!

贡觉 养牛也好,政府帮助也好,总之,我们赶上好时光了。

牧羊叔 你看看,我们扎西岗的这棵千年柳树,今年格外的枝繁叶茂,我想我们扎西岗的面貌还会有更大的变化。

贡觉 (仔细看着树叶)是啊!我是从小在这棵树下长大的,可是从来没看到它像今年这样枝繁叶茂。听前辈们说,这棵树极有灵性,要看本年度收成,要先看这棵树的长势。

牧羊叔 我记得,当年遇到自然灾害,这棵树差点就枯了。

贡觉 可今年却是格外绿呀!

牧羊叔 好,这是个好的兆头!

贡觉 但愿是个好兆头。(突然想到了什么)噢!对了,今天我们家巴丹要从北京开会回来,我得先回家准备晚餐了。

牧羊叔 好!好!

【贡觉下。

牧羊叔再次吹起他的笛子。

一声汽车马达声从远处响来,响声越来越近。牧羊叔往汽车方向望去。

汽车的刹车声,关门声。

巴丹穿着一身崭新的藏装,拖着一个旅行箱子出来。

巴丹 (看着周围,激动地)可爱的家乡,美丽的扎西岗!我回来了。(看着前方)怎么?我离开这几个月里又发生了那么大的变化,又盖了几栋崭新的房子!哎!变化真是快呀!

牧羊叔 巴丹!回来了?

巴丹　噢！是牧羊叔。你好，你好。

牧羊叔　好！好！刚才我还跟你阿爸在这里谈起你呢！

巴丹　是吗？我阿爸呢？

牧羊叔　他刚回去了，说在家里做好吃的等你。

巴丹　是吗？那我得赶紧回去。（欲下）

牧羊叔　（叫住）巴丹，你先等等。你是从北京回来的，先跟我说说北京。怎么样？北京好玩吗？

巴丹　牧羊叔，我到北京不是去玩的，我参加了农民代表团，是去参观学习人家的先进经验的。

牧羊叔　这我知道。你都去过北京了，真是了不起。你是坐飞机去的吗？

巴丹　我去的时候是坐飞机去的，回来的时候是坐青藏铁路的火车回来的。

牧羊叔　哎呀呀！真是羡慕你。我从小就听说过天上飞的有飞机，地上跑的有火车，可从来也没见过。你们年轻人真是幸福，赶上好时光了。

巴丹　牧羊叔，你就别羡慕我了，你也可以坐上飞机，坐上火车的呀。

牧羊叔　我也能坐上飞机火车？

巴丹　当然可以。现在铁路已经通到拉萨了，再过几年，就可以通到我们这里，到时候你就可以看到长长的铁巨龙"轰隆隆"地从我们家门口跑过。到那时，你就可以坐上火车，到祖国各地去转一转了。

牧羊叔　要是真有那么一天，那该是多么幸福的事情呀。不过，这样的事对于我来说怕是做梦吧。

巴丹　做梦？你为什么要这样说呢？

牧羊叔　像我们这样的经济条件，哪里花得起那个钱呀！

巴丹　不要这样说，现在党的富民政策这么好，只要人勤劳，都有机会富起来的。

牧羊叔　是啊！党的政策像阳光一样照到每个人的头上。可是俗话说得好，一个巴掌上的五个指头也是长短不齐的。

巴丹　你这话是什么意思？

牧羊叔　同样都是年轻人，看看你，多么能干，多么勤劳！可我们家的那个败家子，一天到晚，除了喝酒赌博，什么也想不到。（指自己的脑袋）这里不行，只要这里不改变，给他多么好的政策也是没有用的呀！

【这时卓嘎左手拿着一捆油菜花，右手拿着一捆青稞麦穗上。

卓嘎　（看到巴丹）噢！我们的致富能手回来了？

巴丹　诶！卓嘎，是你？你怎么在这儿？

卓嘎　我怎么不可以在这儿？

牧羊叔　巴丹，你可能不知道，卓嘎现在是我们扎西岗的新任乡长了。

巴丹　是吗？（有些不相信）不可能，你不是在县里工作的好好的吗？

牧羊叔　卓嘎她来这里还不到一个月，就已经干了很多好事，你看，乡里的卫生所也盖了，村头的桥修也开始动工了。

巴丹　真的吗？卓嘎？

【卓嘎点点头。

巴丹　真不敢相信呢！

牧羊叔　好！那你们慢慢谈吧。我到地里看看青稞去。

巴丹　好，那你去吧！以后我给你讲很多很多有关北京的事情。

【牧羊叔下。

卓嘎和巴丹好象互相有许多话要讲，但是双方又都像不知怎么开口似的，互相看了看，然后笑了起来。

巴丹　（先打破僵局）时间过得真快，我们一起过家家的那些日子好像就在昨天！一转眼，你都已经当乡长啦！

卓嘎　当乡长有什么了不起的？如果当初你不退学，现在指不定都当县长了呢。

巴丹　你是主动申请到我们乡工作的吧？

卓嘎　是啊！

巴丹　现在很少有像你这样放弃城里优越的工作环境，主动到乡下来为农民服务的干部了。

卓嘎　这有什么稀奇的，是这片土地养育了我，现在我长了点本事，回来为家乡做事，是天经地义的事情。（忙转话题）哎！快说说，这次你作为我们扎西岗的代表，参加农民参观团，感觉如何？

巴丹　大开眼界！这次我真正看到了外面的世界有多么的精彩。以前我只是在电视上看过内地的情况。这次亲眼看见，感受确实不一样啊！

卓嘎　你们都到哪些地方去了？

巴丹　这次去的地方多了，先是到祖国各地去参观，最后到首都北京去看了天安门。

卓嘎　你们去的地方可不少啊！这次走出大山你一定有很多新的想法，说说，你有哪些想法？

巴丹　想法多了，几句话难以说清楚呀！

卓嘎　都说出来。

巴丹　首先，我要办一个养牛场。

卓嘎　办养牛场？

巴丹　是啊！我要办一个大大的养牛场，养几百头奶牛！几十个挤奶姑娘整天忙碌于牛群之中，一排排的小伙子在那里打酥油。每天都有一车一车的酥油和鲜奶往城里运，把一张张的人民币分到乡亲们手里……

卓嘎　好，很好。我支持。

【这时卓嘎的手机响。

卓嘎　（接电话）好！好！我马上来。（关掉电话，对巴丹）我现在乡里有点事。这样吧，晚上我到你家去！我们好好谈谈！

巴丹　好的。

【卓嘎下。

巴丹拿着行李欲下。

扎巴上来。

扎巴　哥。

巴丹　噢，是扎巴。

扎巴　阿爸叫我去接你，我来吧。（忙过去拿行李）

【两人准备下。

罗布上来。

罗布　扎巴……扎巴老弟……等一等。

扎巴　（对巴丹）哥，你先走，我马上来。

【巴丹下。

扎巴　（对罗布）罗布，你别像小猫尾巴上拴的破布一样整天跟着我好不好？

罗布 求求你，帮帮忙嘛！

扎巴 我说了，没有钱借给你。真的，一分也没有。

罗布 老弟，哥哥我今天要不是输得那么惨，我也不会这么求你的，帮帮忙，好吗？

扎巴 你要是继续输掉，拿什么来还我呀？

罗布 这你可以放心，我再去跟他们玩几把，肯定赢的，到时候不就有钱了吗？

扎巴 不可能。

罗布 要不这样吧！你先借给我两百块钱，到时候我还你三百块，好不好？

扎巴 三百块？

罗布 真的！我发誓！

扎巴 发誓没用，你给我写个字据。

罗布 我不会写字。

扎巴 这好办，我来写。（扎巴写借条）好，你在上面摁个手印吧！

【罗布在借条上摁手印，扎巴掏一百元给他。

罗布 一百？不是说借二百吗？

扎巴 你上次借的一百还没还呢，难道你忘了？

罗布 那个下次还吧，好不好？

扎巴 不行，不行。要是你还不走，我就改变主意，把这一百也收回去。

罗布 不，不。一百就一百吧。

扎巴 好了，别忘了啊！到时候要还三百的。

罗布 一定，一定。谢谢啊！那我走了，他们在那儿等着我。

扎巴 你们在哪里玩？

罗布 （神秘地）就在村头的树林子里。

扎巴 怎么不在家里玩？

罗布 都怕家里人知道，谁还敢把人带到家里去玩？是不是？我走了啊！他们在那儿等着我。

【罗布拿钱忙下去。

扎巴 （看着字据，得意地）哈哈！一会儿功夫就赚了二百块钱，不错！（忽然好像想到了什么，自言自语）诶！要是在村里开一家酒馆，给他们提供一个玩乐场所的话，会不会赚很多……诶！这是个好想法。

【梅朵背着包上来。

梅朵 （蒙住扎巴的眼）你猜猜，我是谁？

扎巴 还不是我们家的大公主梅朵？

梅朵 二哥，你刚才一个人在这儿嘀咕着什么呀？

扎巴 没什么。

梅朵 （看到行李）二哥！大哥回来了吗？

扎巴 大哥刚回来了。

【巴丹上。

巴丹 扎巴，你在干什么？快把行李箱给我。

梅朵 （见巴丹，扑过去）大哥，我可想死你了。

巴丹 （看到梅朵的样子）梅朵，你是从学校过来的？

梅朵 是的。

巴丹 我怎么路上没看到你呀？

梅朵 我是从小路过来的。

巴丹 干嘛不坐车？

梅朵 田园风光这么美丽，不一步一步地欣赏，那多可惜呀！哥哥，我要写一篇作文，写我们扎西岗的风光，写我们扎西岗的变化，题目我都已经想好了，就叫《扎西岗的春天》。

【切光。

第二场

时间 几天之后

地点 村头的林子里

【村民们正等着开会。他们错落无章地在院里坐着,有吃零食的,有喝青稞酒的,有捻毛线的,有吸鼻烟的……

有些顽皮的年轻人,在人们中间逗笑。

男青年 (开玩笑)今天乡长闹肚子,所以,这个会议我来开,会议的主要内容是讨论(指着一个旁边的老大爷)扎西大叔的婚姻大事。

【老大爷起来欲拍他的屁股,场面变得很活跃。

一个中年妇女 说正经的,今天这是开什么会议呀?

大爷 不会是坏事,我们扎西岗每次开会都有新的变化,(对旁边的大娘)德吉大姐,对不对?

大娘 扎西啦说的对,这几年村子里水更清了,路更平了,各家各户都住上了宽敞明亮的新房子,还接通了电视、电话,这种变化几年前是做梦都不敢想啊!

老者甲 是啊!现在已经很好了,再也不会有什么新的变化,也不需要了。

【这时卓嘎和巴丹上来，老者的话被卓嘎听到。

卓嘎 诶！大爷，你不能这么说，要变，变得越来越好！

【众人纷纷说："卓嘎乡长来了……"

卓嘎 （对众人）噢！大家都来了？巴丹，开始吧！

巴丹 你先说吧！

卓嘎 那好，我们开个短会。

【大家入座，安静地听卓嘎讲话。

卓嘎 我来到扎西岗工作已经有一段时间了，通过到村里走走看看，觉得我们扎西岗村比起以前变化确实很大，家家都盖了新房，吃饭、穿衣都没问题，这确实好啊！不过问题也不是没有，有些人的观念比较陈旧，总是满足于现状。我们盖新房，改变村容村貌，只是一个突破口，不是最终目标，重要的目标还在后头。建设社会主义新农村，不只是建设一个漂亮的新村庄。最终的目标是要实现小康生活。

一个年轻人 什么是小康生活？

卓嘎 小康生活嘛——这小康生活，我们让巴丹来谈谈吧。

【众人鼓掌。

巴丹 谢谢大家。以前我一直以为我们住上宽敞明亮的新房，不愁吃，不愁穿，就已经足够了，以为我们已经很富裕了。这次我出去才知道，比起人家，我们还真的算不上什么富裕。

年轻人甲 你直接说，什么是小康生活。

巴丹 小康生活嘛，这么给你说吧，同样是新房，我们的房子只是一个漂亮的房子而已，人家的新房却是配套设施齐全。同样是吃饭，我们只讲究好吃不好吃，人家讲究营养不营养。同样是穿戴,我们只讲质量和美观,人家讲究的是品味。

年轻人甲 你们家那么富裕,也不算小康生活吗?

巴丹 不,不。这次我到内地参观,深深地认识到,一个地方,一个村子,仅有几户富裕人家,就不算真正的富裕,只有大家一块富了,才算是真正的富裕。

中年妇女 什么富的穷的,跟我没关系,今天开会主要讲什么,快点讲,我家里孩子没人看管。

巴丹 那好,(从包里拿出一张照片)你们看看,这是我在内地拍的。这个人以前跟他们村里的其他人一样,就是一个普通农民。几年前他带着村里的群众办起了养牛场,结果——不仅他自己成了富翁,还带动了村里的经济。现在全村的群众都过上了富足的小康生活。他们村里家家户户都盖上了钢筋水泥的小楼房,家里摆设着各种高档的家具,要办事有电话打,要出门有汽车开。

年轻人甲 你的意思是我们村也需要一个致富带头人,是吧?

巴丹 对。今天召集大家讨论的就是这个问题。从这几年我们西藏各地农村的发展情况来看,一个地方要想发展的话,必须要有自己的致富带头人。一个出色的致富带头人可以带动一方经济的大发展。

中年妇女 那这个致富带头人你来当得了,你那么能干。

众人 对,对。要说需要一个致富带头人,非你莫属了。

巴丹 其实,我早已经把我自己任命为我们扎西岗的致富带头人。我愿意担此重任,愿意带领我们扎西岗的群众过上小康生活。

村民甲　好，太好了。这次你没有白去内地。那你说说，你准备怎样当我们扎西岗的致富带头人？有什么好的想法？

巴丹　还是养牛。

年轻人　养牛？

【众人议论纷纷。

巴丹　我觉得，解决我们群众增收的最好路子是明确我们的优势，发展特色产业。我们藏族人的生活离不开酥油和奶渣，现在市场上酥油、奶渣还有鲜奶，都供不应求。你看看，一到夏天我们扎西岗的山上就青草茂盛，是天然的好牧场。再看看我们这里的土地，广阔而肥沃。以前我们只种青稞，以后我们不光要种青稞，还要种其他优质的作物。现在村里很多年轻人，农闲季节无所事事，如果养牛场办好了，还可以给他们提供就业的场所。

【众人鼓掌："好！你的这个想法很好啊！"

巴丹　（拿出照片）你们再看看这个，我在内地看到了这品种的奶牛，这种牛我一看就喜欢上了，它的奶产量是我们当地奶牛的三倍。如果我们村里能养上一百头这样的奶牛，那我们的小康生活一定会实现！

年轻女子　那你把牛买回来了吗？

巴丹　没有。

年轻女子　为什么？你不是说喜欢上了它吗？干嘛不马上买下来？

巴丹　这种奶牛价格很贵，我现在没有足够的资金。所以，我今天想跟大家商量一件事情。

【众人："什么事情？"

巴丹　我们大家集资搞个养牛场，大家一起养牛，怎么样？

【听到这儿以后大家开始议论纷纷。

年轻人　闹了半天，我们大家出钱，然后你来当致富带头人，这样的带头人谁不会当呀。哈哈……

【大家又议论纷纷，很多人同意年轻人的说法，互相议论："集资？这不行……""我们攒点钱也是不容易啊！"

卓嘎　乡亲们，改革开放那么多年了，现在我们扎西岗的群众已经很聪明了，这钱生钱，把闲钱变成活钱的道理你们应该是知道的呀！

村民　这道理我们是懂的，要是赚了当然是好事，不过，万一亏了的话……

巴丹　风险是肯定有的，但是如果我们怕风险，不敢冒险那什么事也干不成呀！

村民甲　咳！好汉多一事，不如懒汉闲一世呀！（拍着屁股下去）

卓嘎　（对老者）索朗大爷，你的意见呢？

老者　这事我不敢决定，得回去跟孩子们商量商量才行。（也下去）

巴丹　（对妇女）卓玛大姐，你呢？

妇女　我们家是有了点存款，可那是将来给老人看病、让小孩上学用的。对不起！（也下去）

【众人都找各种借口不同意集资，陆陆续续准备下去。

卓嘎　（很失望地）大家别走，别走呀。大家怎么这样呢？

巴丹　大家先别走，等一等，等一等！

【大家又回来。

巴丹　我知道，大家不是没有钱，是不敢冒这个险。对吧？

卓嘎　咳！在我们这里，改变一个家庭的物质条件并不难，改变一个村子的面貌也不难，难的是改变人的观念呀！

巴丹　其实，我理解大家的想法，大家辛辛苦苦攒点钱是不容易的。

卓嘎　要不，你先自己干，等以后效益好了，慢慢扩大。

巴丹　不行，时间不等人，现在都说时间就是金钱。我必须想个办法。

卓嘎　那怎么办呢？

【巴丹沉思片刻。

巴丹　（好像下了一个大的决心）这样好不好？我先向大家借钱，由我的名义来办这个养牛场。如果以后赚了，是我们大家共同的，如果赔了，就算是我一个人的，大家的钱我一分不少地还上，这样做怎么样？

【大家又是议论纷纷。

村民甲　巴丹，你不是开玩笑吧？

巴丹　我是认真的。

卓嘎　巴丹，你真的想好了吗？万一赔了呢？

巴丹　不会的，我很有把握。

卓嘎　好！像个致富带头人。如果你有这个胆量，乡亲们一定会答应的，（问众人）大家说，是不是？

村民甲　看来巴丹是铁了心了，一定要当这个致富带头人了。我们应该支持他。

村民乙　巴丹哥，你等着，我马上回去拿钱。

村民丙　我们家也有点存款，也借给你吧，本来那个钱是留给儿子将来结婚用的，先借给你吧，或许还能赚点利润。

村民丁 巴丹,你等一会儿啊。我回去跟家里人说。

【村民们互相交谈着,陆续回去,最后只剩下巴丹和卓嘎两个人。

卓嘎 巴丹,话已经说出去了,放出去的箭是收不回来的。你大胆地干吧!我相信你,这事一定会成功!

巴丹 好!谢谢你。

【两人握手。

灯暗。

第三场

时间 当天晚上

地点 小院

【景：具有浓郁藏族乡村特色的农家小院，主体建筑用白色花岗石砌成。整个建筑风格是藏族传统风格和现代审美相结合的。房子的门窗等虽然用了铝合金等现代建筑材料，但是丝毫没有失去传统建筑的风格。透过窗户可以看到里边的豪华装修和家具摆设。院子的一边露出一个自来水管的龙头。

在一曲稍带忧伤的轻音乐中阿爸贡觉从里屋出来。

他在小院里转来转去，看着自家的一切变化，百感交集。

然后，他静静地坐在一边，抽着鼻烟，回忆起往事。

他从怀里拿出一个小布包，小心翼翼地打开，拿出一个的做工考究的"卡吾"（一种藏族妇女佩戴的首饰）。

贡觉 （独白）……老伴呀！你在天之灵看着我们了没有？现在我们家盖起了新房，生活也很富裕了。孩子们一个个都已经长大了。我们的大儿子巴丹他很能干，他刚刚从祖国内地参加农民参观团回来。如果你还健在，不知会有多么高兴呀！现在我们什么也不缺，什么也不愁，唯一遗憾的是儿子的婚事还没有办成……你临走的时候把这个"卡吾"交到我手里,对我说"一定要亲手把它戴在我们的儿媳妇的胸前"。可是我至今还没有办成……不过,请你放心,我一定会把儿子的婚事早点办成……你放心吧!

【贡觉又在看着"卡吾"沉思。

巴丹拿着礼物上。

巴丹 阿爸,你怎么一个人在这儿?

【贡觉不说话。

巴丹 阿爸,这是我从北京专门给你买的帽子,你试一试……

【贡觉仍不说话。

巴丹 阿爸,你又在想阿妈了?

贡觉 (叹了口气)是啊!不知怎么的,我今天格外地想念你们的阿妈。你是知道的,以前我们家是全村最困难的人家之一,可是现在成了全村人羡慕的富裕人家。要是你们的阿玛她还健在,看到我们家盖了这么好的房子,她会有多么高兴啊!

巴丹 阿爸,你别这么伤心好吗?你看,这是我从内地给你买来的。(把礼物给他看)

贡觉 (看着礼物)越是高兴的时候,我这心里越想她。想起以前我们一块过的那些穷日子。当时,为了我们一家几口人吃饭穿衣,你阿妈她整日忙里忙外,为了养育你们,她不知吃了多少苦呀!那个时候我们最大的希望是吃饱肚子,穿暖衣服。她做梦也想不到我们如今住上了这么宽敞明亮的房子。

巴丹 阿爸,我知道。为了养育我们这几个兄弟姐妹,她吃了很多苦，如今我们都长大了，生活幸福了，但是她却已经离开了我们。我这个做儿子的，心里多么想为她尽一点孝心，多么想报答一下她的养育之恩，但是，都已经无法实现……（伤心地说不出话来）

贡觉　儿子，你知道你阿妈生前最大的愿望是什么吗？她想盖一座大大的房子，然后在那个房子里亲自为你操办婚礼，（拿出"卡吾"）把这个我们家祖祖辈辈传下来的"卡吾"亲手给儿媳妇戴上……可是这一切她都没有等到。这是她的终身遗憾。所以，我现在最操心的就是你的婚事。

巴丹　阿爸，这事……

贡觉　孩子，我在山那边给你物色了一个姑娘，我觉得那女孩不错，模样也好看，不知道你愿不愿意。要是你愿意，明天阿爸带你去提亲。

巴丹　阿爸，这事先不着急。

贡觉　孩子，你年纪也不小了，是该考虑婚姻大事的时候了。

巴丹　阿爸，我还没有干成任何事，就先考虑结婚是不行的，等我以后干出点事来再说吧！好吗？

贡觉　巴丹，你别找借口。我们农民最重要的事情，除了种地就是生儿育女了。还有什么比这更重要的事呢？

巴丹　阿爸，现在时代不同了，我们农民也不能光为了生儿育女而活着呀。这事还是以后再说吧！

【巴丹回里屋。

贡觉　巴丹，你先别走，回来……咳！这孩子，什么都行，就是这点不行。

【这时扎巴从外面进来。

贡觉　你这小子，整天在外面跑来跑去，究竟是在干什么？

扎巴　这不忙嘛！噢！对了。阿爸，我要跟你商量一件事。

贡觉　什么事？

扎巴　我刚才问了一下信用社的人，他们说我们家现在还有三万元的存款，对吧？

贡觉　你问这个干什么？

扎巴　阿爸，我现在想做个生意，需要本钱。

贡觉　不行，那是你哥哥结婚用的钱，不能动。你要钱自己去想办法。

扎巴　阿爸，既然是家里的钱，那我也有份啊。

贡觉　你小子，除了从家里往外拿钱以外，什么时候给家里挣过钱呀？

【扎巴知道来硬的不行就来软的。

扎巴　（撒娇）阿爸，我求你了。

贡觉　你要那么多钱，做什么生意？

扎巴　我要开酒馆。

贡觉　开酒馆？开酒馆能赚什么钱呢？我们乡下人都喜欢喝自家酿的酒，谁还会到你的酒馆里去喝酒？

扎巴　阿爸，这你就不懂了，家里酿的都是青稞酒，哪有啤酒、白酒好喝？再说，到酒馆喝酒也不光是为了喝酒呀。

贡觉　到酒馆不喝酒，那干什么？你小子，肯定又在打什么鬼主意。如果你真的想好好挣钱，那你就跟着你哥哥一起养牛吧。

扎巴　不！我跟哥哥想法不一样。阿爸，我把话说明白啊！我反正是迟早要离开这个家的。这个房子盖得再漂亮也是哥哥的，家里的财产再多我也不指望分多少。我想靠我自己的本事过日子。不过呢，我总得需要本钱的，对吧？所以，那点存款应该属于我。

贡觉　你的事情先不要着急，现在家里最重要的一件事情是你哥哥的婚事。

【贡觉不理扎巴，赶紧躲开他走进里屋。

扎巴　（向贡觉后面喊）你同意也好，不同意也好，反正我会想办法把那钱取回来用的。

【罗布有些警觉地上。

罗布　扎巴兄弟，扎巴兄弟……

扎巴　怎么？又来借钱？

罗布　不是。

扎巴　那是不是来还我的钱？赢了？

罗布　也不是。

扎巴　既不是来借钱，也不是来还钱，那你来干什么？

罗布　（警觉地前后左右看了一遍，然后神秘兮兮地拿出一个旧银碗）扎巴兄弟，你看看这个。

扎巴　（接碗细看）这是……

罗布　这是我们家的传家宝。你看看怎么样？

扎巴　（仔细看了一下）你的意思是？

罗布　你买下它好不好？

扎巴　多少钱？

罗布　一千块，怎么样？

扎巴　这么贵？

罗布　这可是古董啊！要不是我急需钱，拿到城里去卖，起码可以拿到两千块钱。

扎巴 （装作不识货）不要，不要。我看不出这是什么好东西，我买这个干什么？又这么贵。

罗布 那我少要一百，九百？怎么样？

扎巴 （又重新看了个仔细）我也不知道这个东西好不好。如果你四百块卖的话，我就要了，就算是我帮帮你，好不好？

罗布 （感到太少了）四百块？开什么玩笑。

【罗布把碗拿回去。

扎巴不理罗布，假装要走。

罗布 （忙追过来）扎巴兄弟，别走，别走呀。好好商量嘛……是不是再加点？

扎巴 你还是卖给别人去吧！我不要！（欲走）

罗布 那好吧！四百就四百吧！我真的太亏了。

扎巴 亏了你就不要卖啊！谁也没有强迫你要买你的东西。

罗布 好吧，好吧。我今天急着用钱。

【扎巴把银碗收起来，然后拿出一百元给罗布。

罗布 怎么？一百？不是说四百吗？

扎巴 你不是欠我三百吗？这里有一百，正好四百。

罗布 那三百块以后给你不行吗？今天我急着用钱。

扎巴 不行。你拿着这一百去赌，也许会赢很多很多钱。

【扎巴欣赏着精美的银碗高兴地进屋。

罗布 诶！扎巴兄弟，扎巴兄弟……咳！只拿到一百元。算了，一百就一百。也许手气好了，可以赢回来。

【罗布拿着一百元准备下。

巴丹出来，罗布忙藏起钱。

巴丹 罗布，你怎么在这儿？

罗布　我……我是来找扎巴兄弟的。有点事……有点事……

【罗布准备下。

巴丹　罗布,你先等等。

罗布　巴丹哥,你有什么事吗?

巴丹　你阿爸最近好像身体不太好,你要多关心关心他,最好把他带到县人民医院去看一看。

罗布　巴丹哥,我是想带他去看医院,可是,你是知道的,我们家现在连买茶叶的钱都没有。所以……

巴丹　没钱你就不会挣?我听说你最近一直在喝酒、赌博。

罗布　没有,没有。哪个王八蛋告诉你的。

巴丹　这个你不用管。

罗布　我是想干些事,想挣一些钱,可是我到哪里挣钱去?本来想进城打工,可我出去,家里的阿爸怎么办?他现在腿脚又不方便,谁来照顾他呀?对吧!

巴丹　只要你肯干,总会有办法的。以后你就到我的养牛场,跟我干吧,到时候我不会亏待你的!

罗布　好的,谢谢你。那我走了!

【罗布急忙下去,巴丹进屋。

灯暗。

第四场

时间 几天之后
地点 小院

【景：同前场。

贡觉大叔坐在一边干他的木工活。

梅朵读着英语单词走过这里。

贡觉 孩子,你读的这是什么书呀?叽里咕噜的,我一句也听不懂。

梅朵 这是英语,是世界通用的语言。

贡觉 这么说,你以后可以跟那些黄头发、蓝眼睛的外国人搭话啦?

梅朵 可以呀!

贡觉 好,真好!你们真是赶上好时光了!我们小的时候,别说学外国话,就是自己的文字都很难学到呀!你们真是赶上了好时光!

【梅朵继续读着英语。

贡觉 梅朵,你想上什么样的大学?

梅朵 我想上中央民族大学外语学院。

贡觉 你怎么这么喜欢外国的语言?

梅朵　阿爸,你知道吗?以后旅游业将要成为我们西藏的支柱产业,所以,要想发展旅游,需要大量的外语人才。

贡觉　好!好!你懂的太多了,真好啊!

【这时从外面传来鞭炮声和人们的欢声笑语。

贡觉　外面怎么这么热闹?是在干什么?

梅朵　噢!是二哥。他的酒馆开张了!我得去看看。

贡觉　酒馆开张?那败家子。

【贡觉拿根棍子,准备出去。

梅朵　阿爸,你要干什么?

贡觉　我去揍他一顿。

梅朵　阿爸,别这样。他做生意毕竟是个好事,总比整天闲着强呀。

贡觉　笑话,那败家子,他能做出什么生意来。

梅朵　你可别这样说,凭着二哥的聪明机灵,他肯定能成功的。再说,现在他做生意的决心可大着呢!他说以后给家里挣很多很多钱,比大哥挣的还要多。他还说,以后我要是考上了大学,学费全都由他来承担呢。

贡觉　我不指望他给家里挣什么钱,只要不在外面闯祸就行。

【贡觉突然想到了什么,忙进里屋。

巴丹拿着一大叠钱进来。

巴丹　梅朵!你们看。(拿出一大叠钱)

梅朵　怎么这么多钱呀?

巴丹　乡亲们借给我的。

梅朵　大哥,你借这么多钱干什么?

巴丹　小孩子别问这么多了,(拿出一个账本)梅朵,你帮我记上。

梅朵 好的！（拿出账本准备记）

巴丹 记着，巴桑大姐三万元，旺堆大叔两千元，多吉次仁一万五千元，次仁卓嘎五百元……

【梅朵一一记上账。

巴丹 下面，你按照上面的名字和金额，帮我一个一个地写借条，并且在每条后面都这样写："以后要是赚了钱，我巴丹保证一分不少地给大家分红利，要是亏了，保证全部损失由我一个人承担，你们的钱一分也不会少的。"

梅朵 好的。

【梅朵埋头写借条。

这时贡觉拿着存折出来。

贡觉 气死我了，气死我了！那小子果然把钱给提走了！

巴丹 阿爸，怎么啦？

贡觉 扎巴那小子把存折里的所有钱都给取走了。

巴丹 这我知道。

贡觉 你早知道了？那你为什么不阻止呢？

巴丹 没事，由着它去吧。阿爸，钱有的是，你看。

贡觉 （看到桌上的钱）这么多钱？这是谁的？

巴丹 我从乡亲们手里借来的。

贡觉 你借这么多钱干什么？

巴丹 我昨晚不是跟你说了吗？我要扩大养牛场，我要办一家大大的养牛场。

贡觉 儿子，你借了这么多钱，到时候还能还得上吗？

巴丹 阿爸，你放心。这事我很有把握，到时候一定能还上。

贡觉 诶！我们藏族有句俗话说，"好汉多一事，不如懒汉闲一世"。

巴丹 这就是那些好吃懒做的人最好的借口。再说,现在是什么时代,不干点事,那不就得饿死?

贡觉 饿死?我看你还不上人家的债,就只有饿死!你还是慎重点好。

巴丹 (心里计算)现在已经筹集了二十多万。以一头牛六千元来计算的话,现在可以买三十头,如果再能凑上十万,那就可以买到五十多头牛了。

贡觉 什么?一头六千?什么样的牛那么贵?

巴丹 这你就不懂了,我要买的是从内地引进的良种奶牛。我上次在内地亲眼见过那种奶牛,又大又壮,产奶量比咱们这儿的奶牛要高好几倍呢!那种奶牛六千块一头根本不算贵。

贡觉 再怎么好也是太贵了。万一死了一头两头的,那是多大的损失呀!

巴丹 当然,风险是有的。可是怕风险不敢冒险,那什么事也做不成。

贡觉 我不反对你养牛。可是干嘛搞这么大呀?我觉得,你还是跟以前一样在自己家里养得了。如果效益好了,以后慢慢扩大嘛!

巴丹 阿爸,你知道吗?现在时间就是金钱。如果只靠我们家的那几头牛,那我什么时候能够带动乡亲们致富?

贡觉 你想一想,现在房子也已经盖好了,你们也都大了,生活上不愁吃,不愁穿。你弟弟他虽然有点不正经,可现在也在做些生意,我知道他不可能给家里挣什么钱,可让他自己养活自己是没有问题的。我呢?还没有老到干不动活儿的地步，平时好好种地，农闲的时候做一些木工活，挣些工钱，把你妹妹供上学，就行了。何必一定要把乡亲们扯到一块儿呢。

巴丹 阿爸！我理解你。可是，这次我出去才知道，真正的富不是自己一个人富，而是带动其他人一起富。现在，村里有些家庭生活还不是特别宽裕，他们的子女除了种地就没什么事可干，出去打工又挣不了多少钱。所以，我就想带动他们一起干，一起富。

贡觉 你想得倒挺好。可是，这不是小孩过家家，你要慎重考虑才行啊。

巴丹 阿爸，你就放心吧！不会有问题的。

【贡觉进屋。

这时梅朵把所有借条写完。

梅朵 哥哥，写好了。

巴丹 太好了。

【巴丹在所有的借条上按了手印。

巴丹 梅朵，现在你按照名单帮我把这些借条送到他们的手里。你替我转告他们，就说："你们放心，我巴丹赚了，就是我们共同的，如果赔了，也会把你们的钱一分不少地还上的。"

梅朵 好的。

【梅朵拿着借条下。

这时罗布搀扶着牧羊叔上。

巴丹 大叔，你怎么也来了？

牧羊叔 巴丹，我听说你要搞养牛场，正在到处借钱筹款。我一听就知道是怎么回事了，你是一心想为乡亲们做点事的。所以，今天我特地过来。（从怀里拿出一叠钱）这里有三千块钱。

罗布 家里怎么有那么多钱？阿爸，你怎么不告诉我？

牧羊叔 告诉你的话，它今天还会在这儿吗？（对巴丹）这是我自己多年攒下来的。本来想叫罗布送过来，可我怕他又拿这些去赌，所以，我亲自过来的。

巴丹 大叔，这个钱你就留着看病用吧。

牧羊叔 怎么？你嫌我钱少？

巴丹 不是，我不是这个意思。

牧羊叔 那你为什么不收？我们家没有别的生财门道，只有通过你的帮助才有可能会有一些收入。

巴丹 大叔，你们家的情况我已经考虑过了，你只要让罗布到我的养牛场干活就行，我会给他工钱的。

牧羊叔 谢谢你，太感谢你。（对罗布）罗布，还不快点感谢你巴丹哥。

罗布 谢谢巴丹哥。

巴丹 不用谢，不用谢。只要你以后在我这儿好好干，你们家的困难一定能够解决。

牧羊叔 这钱你还是收下。要是放在家里，我不放心，总有一天这个败家子会拿去赌博。

巴丹 那也行，我给你写借条。

【巴丹写好借条给他，牧羊叔拿着借条高兴地下去。

巴丹 大叔，我送送你。

【巴丹扶着牧羊叔下。

这时扎巴戴着哈达上，见到罗布。

扎巴 诶！罗布，你过来。

【扎巴把罗布拉到一边。

扎巴 罗布,你看到了没有?我的酒馆开张了。

罗布 看到了,看到了。

扎巴 以后你常过来玩啊!你们几个朋友不用藏到树林子里去玩,到我那儿来玩。我那儿干净舒服,全是沙发,想喝什么酒都有,想玩什么牌也都有,以后可要常来啊!

【罗布指着前面的巴丹示意别叫他听到。

扎巴 怕什么?花自己的钱嘛!又不是花别人的钱。

【巴丹重上,看到这情景,向罗布瞪了一眼,罗布低着头下去。

巴丹 扎巴,你可不要教坏他啊!

扎巴 哥,你这是什么意思呀?他又不是小孩子,我怎么教坏他了?哼!(进里屋去)

【这时卓嘎进来。

卓嘎 巴丹,刚才来电话了,说有一批奶牛已经运到县里,叫我们赶快去挑选奶牛。

巴丹 是吗?那太好了。我们这就去!

卓嘎 好,那走吧!

【巴丹收拾钱,跟着卓嘎下。

切光。

第五场

时间 第二年的春天
地点 小院

【幕启：欢快的音乐中，观众将看到的是一个生产奶制品的热闹场面。

很多人在忙碌，有的提着奶桶匆忙地过场，有的在打酥油，有的在晾晒奶渣，有的把鲜奶装载桶里准备运出去……

牛群的叫声。

随着音乐的减弱，干活的人们逐渐地各自散去，最后台上只剩下巴丹。

巴丹从一个大锅里用木瓢捞出一大块酥油，然后拿出一小块尝尝味道。

罗布高兴地上来。

罗布 巴丹哥！

巴丹 怎么样？牛犊生了没有？

罗布 顺利生下了！一头大大的牛犊！还有几头牛过两天也要生牛犊了！

巴丹 好，太好了！罗布，你的任务就是把牛喂好，养牛，养牛，关键在于喂养好，只要把牛喂养好了，牛奶自然就多了。

罗布 好的，巴丹哥，你就放心吧！不过，这几天青草不多了，地里种的草也没长好，老是喂青稞秸干的话，奶产量就要下降了。

巴丹 是吗？（沉思片刻）那这样吧！待一会儿，等姑娘们挤完奶，你就把所有的牛都赶到后面的菜棚子里去。反正菜也又小又黄的，还不如让牛吃了，增加奶的产量。

罗布 好的。

【罗布下，巴丹也拿着大锅随后下。

贡觉背着喷雾器从另外一个方向上。

贡觉 今年不知怎么的，棚子里的菜长势一点也不好。

【他走到后院去放器具。

梅朵朗读着自己写的《扎西岗的春天》上来。

梅朵 （很满意地）这篇作文，我一定要写好，然后寄到报社去。

【扎巴从屋里走出来。

扎巴 梅朵，你过来。

梅朵 二哥，什么事？

扎巴 你高考考得怎么样呢？

梅朵 没问题。

扎巴 有把握考上吗？

梅朵 没问题。

扎巴 那好！（拿出一叠厚厚的钱）这是你的学费，我早答应你的。

梅朵 （高兴地）二哥，你怎么那么有钱？

扎巴 那当然，你哥哥是个天生做生意的料。你不知道吗？我的酒馆生意火着呢！

梅朵 是吗？太好了，哪天我到你那里去看看！

扎巴 不，不。你是小孩子，最好不要到那种地方去。

梅朵 为什么？我还想把你的酒馆写进我的文章里去呢！

扎巴 这个……你最好不要写，也不要问为什么。

梅朵 好了，那我不问了，谢谢你！

扎巴 不用谢！等你以后毕业了，成了大"本波拉"的时候不要忘记我就行。

梅朵 哥哥，你这还有条件呢！行，没问题。

【梅朵高兴地进屋。

这时贡觉从后院上来，他在水龙头前洗手。

扎巴准备下。

贡觉 扎巴，等一下。

扎巴 什么事呀？

贡觉 最近你在干什么？我听说你那酒馆的生意很好。

扎巴 那当然，我扎巴这么聪明，绝对不会做亏本生意的！这还刚刚开始，看着吧！以后我的生意会越来越好的。

【扎巴拿出钱交给贡觉。

扎巴 阿爸，这是我酒馆的收入，不少吧？都交给你。

贡觉 钱倒是不少，不过我劝你，做事要走正道啊。最近我听到了不少你的闲话呀！

扎巴 阿爸，你是相信别人的话，还是相信自己的儿子？

贡觉 总之，你要小心点。

扎巴 噢！对了，哥哥给家里交了多少钱？

贡觉　你哥哥那是养牛！哪像你开酒馆，今天开张明天赚钱的。买牛，养牛，接生牛犊，一大堆的事，这才刚刚开始。

扎巴　咳！我早说了，这大牦牛不一定拉出大牛粪。这都快一年了，还说刚刚开始。哥哥那个人也真是的，干嘛不做像我这种投资小见效快的生意，偏要办什么养牛场，借了人家那么多的钱，折腾了快一年了，效益还见不到，还说什么赚了是大家的，亏了是自己的，那不是傻瓜才干的事吗？

贡觉　你不能这么说，你哥哥干的是利人利己的事，这是好事。

扎巴　这还不算，他雇了那么多人，欠了人家好几个月的工钱还没给呢！

贡觉　俗话说，办大事，要耐得住性子。我相信，你哥哥干的事一定不会错的。

扎巴　好，好！哥哥是对的，哥哥是大好人，哥哥干什么都是对的。我是错的，我交了钱也是错的！

贡觉　你！（欲说又止）好了，好了！别说了，别说了。

【贡觉进里屋。

这时外面传来一个女人的吵闹声，中间夹杂着巴丹的声音。

扎巴　（好像明白怎么回事，有些气愤地自语）在我酒馆里闹还不够，还到家里来闹，真烦人！

【扎巴从后门溜走。

巴丹进来。

贡觉出来。

贡觉 刚才是谁在外面吵呀？

巴丹 没事。是找扎巴的。

贡觉 那小子又在惹什么麻烦了？

巴丹 没事，小事，问题不大。（拿出一包酥油，给贡觉看）阿爸！你看，这是我们养牛场的酥油，你看看，怎么样？

贡觉 （品尝一口）好！太好了，我从来没吃过这么好的酥油。

巴丹 阿爸！以后我们可以天天吃这么好的酥油了。

贡觉 （关心地）最近你累坏了吧？前段时间，看着你整天忙个不停，我心疼呀！

巴丹 是啊！前段时间确实很忙，也很担心，什么盖牛棚，种饲料，喂牛，接生牛犊……不过，现在养牛场总算开始有效益了，所有的劳累也就烟消云散了。

贡觉 你的辛苦总算没有白费。看到你把养牛场办得红红火火，我也从心眼里高兴。刚开始的时候，我还真有点担心呢。不过现在我放心了，还乡亲们的钱是不成问题了。每次我去养牛场，心里都美滋滋的。挤奶的、送奶的、打酥油的、晾晒奶渣的，还有那些牛，又肥又壮，牛奶产得又那么多。

巴丹 阿爸，今天早上我派人把第一批酥油和奶渣拿到县城去卖了，估计能卖个好价钱。

【这时罗布带着几个背着筐子的青年男女上。

罗布 巴丹哥，他们回来了！

巴丹 怎么？这么快就卖完了？

女甲 卖完了！我们的东西那么好，当然卖得快呀！

女乙 我们还没放下筐子，就一抢而空了。

男甲 确切地说，我们的车还没停下来，就有人围了过来，有人害怕买不到，就把钱先塞在我们手里！

男乙　等我们走的时候，还有人恋恋不舍地问，（调皮地）"还有酥油吗？还有奶渣吗？"

【众人开心地哈哈大笑。

巴丹　好！好！那我们明天就多带一些吧！（关心地）你们辛苦了！

女甲　（把钱交到巴丹手里，调皮地）巴总，这是酥油的钱，一共一千三百二十八块钱。

男甲　这是奶渣的钱，六百八十二块。

巴丹　谢谢你们！（把钱拿在手里，感慨万千，把钱给贡觉看）阿爸，这是我的养牛场的第一份收入，不少吧？

贡觉　（高兴地）好好！

巴丹　不过，阿爸，这第一份收入我准备全部分给乡亲们。因为我今天能办成这个养牛厂，多亏他们的帮忙。再说，这几个姑娘小伙子，为我的养牛场出了很多力，他们好几个月的工钱还没给呢。所以，为了感谢他们，这第一份收入我想不留一分钱，都分给他们，可以吗？

贡觉　当然可以。你这么做是对的，应该这样做。

【巴丹当场把钱分到他们手里，他们拿到钱都很高兴。

巴丹　谢谢你们！这养牛场从开始准备到现在，已经快一年了，你们为我费了不少辛劳，我感谢你们。今后我们养牛场的效益也会越来越好的，到时候我不会亏待大家的。

罗布　我们也谢谢你。没有你，我还不知道在哪里鬼混着呢！

【众人纷纷道谢。

贡觉　你们歇一歇脚吧！我去用这我们养牛场生产的新鲜酥

油给你们做个好喝的茶。

【贡觉进屋。

女甲 巴总,那我们走了。

巴丹 等喝了茶再走吧!

男甲 不了,我们干活去。

女乙 我也晾晒奶渣去。

罗布 我想把自己挣的这第一份收入,交给老爸去,他一定会高兴。

【众人下。

梅朵匆匆出来跟巴丹撞了一下。

巴丹 怎么这么急?

梅朵 I'm sorry!哥,告诉你一个好消息,刚才学校来电话了,叫我赶快去一趟,可能是我的通知书到了。我得走了。

(匆匆下去)

【卓嘎手里拿着一个碗,吃着酸奶上。

卓嘎 好吃,真好吃!

巴丹 卓嘎,什么东西这么好吃?

卓嘎 你看,你们养牛场的酸奶。

巴丹 怎么样?我们养牛厂的酸奶好吃吗?

卓嘎 真好吃。巴丹,你可真行啊!养牛场办得红红火火的。

巴丹 这都多亏你的帮助呀!

卓嘎 看来,你还乡亲们的钱是不成问题了。

巴丹 我粗粗地算了一下,如果不出现意外,这些牛不出半年就可以赚回本钱。

卓嘎 好!如果经营好了,肯定有很好的前途。这次我去县里开会,县委刘书记专门叮嘱我们这些基层干部,一定要多支持这种能够带动全村经济发展的乡镇企业。县里为此还批了特殊政策。县里决定,在县城的中心开个早市,为我们农牧民提供专门的交易场所,今后在那里做买卖,是不收任何税费的。

巴丹 太好了,我争取两年内,不仅还清乡亲们的钱,还要帮村里每家每户的年收入增加一万到三万元。以后还要做到家家都有存款!

卓嘎 好,太好了!

【卓嘎拿出一份文件给巴丹看。

卓嘎 巴丹,你看,这里有一份订单。

巴丹 订单?

卓嘎 这是食品加工厂的订单。这次我专门到食品加工厂去找他们的经理向他介绍了你们养牛场的情况。他很感兴趣,准备从你这里长期订购鲜奶。你看,这是他们拟定的合同。

巴丹 好,这就是电视上常说的公司加农户,对吧?

卓嘎 太对了。这样的话,你们产品的销路就有保障了。好了,你先好好看着,如果价格能够接受,你能保证按时供货,我就通知他们,叫他们过来跟你谈具体情况。

巴丹 好,你尽管通知他们吧!我能做到。

卓嘎 那我走了啊!

【卓嘎下。

牧羊叔在罗布的搀扶下,行动不便地上。

牧羊叔 巴丹,巴丹……

巴丹 噢!牧羊叔,你来了?

牧羊叔 巴丹,我今天是来感谢你的。我给你磕头了……

（欲下跪）

巴丹　（忙扶起）牧羊叔，你这是在干什么？

牧羊叔　（激动地）是你把我们家的罗布改变成了另外一个人。我要感谢你！

巴丹　这都是罗布他自己努力的。

牧羊叔　这都多亏你的影响。说句心里话，我以前连做梦也想不到他会变得这么好，刚才他把他自己挣的钱交到我手里，我激动地简直不敢相信。（高兴地把泪流出来）哈哈！我的儿子现在都可以挣钱了。哈哈！

罗布　阿爸，以前我总是惹你生气，所以，今天我想用这第一份工钱，给你买一个礼物，你要什么我都买，要什么？要吃的？还是要一套新衣服？

牧羊叔　我不要什么新衣服，你改了以前的坏习惯，就是给我最好的礼物。

巴丹　牧羊叔，你腿脚不便，别老站着，到里屋去吧，我阿爸在里边，你们聊聊天吧！

牧羊叔　好，好！我也想跟他说好多好多的话呢！（对罗布）罗布，你也别跟柱子似地站在那儿，快干活去。

【巴丹扶着牧养叔进里屋。

罗布高兴地数着钱准备下。

扎巴从外面进来，见罗布在数钱。

扎巴　嗨！发财了？

罗布　今天巴丹哥给我发工钱了。你看，这么多，这都是我自己挣的！

扎巴　好啊！怎么样？今天晚上到我的酒馆里去喝一杯？你好长时间没来过我的酒馆了。现在我的酒馆里不仅有青稞酒，还有各种啤酒、白酒、葡萄酒，你想喝什么都有。

罗布　求求你，饶了我吧！我现在已经戒酒了。

扎巴　戒酒？戒酒了没关系，我那儿，除了酒，还有很多好玩的东西呀！你不是喜欢玩吗？我那儿骰子、藏牌、麻将什么都有，你想玩什么就可以玩什么。

罗布　那我更不玩了，我现在知道那是一个陷阱，一旦你陷进去了，就只有输没有赢的时候。

扎巴　噢！对了，还有歌舞表演呢！（神秘兮兮地）就是那种……你看过吗？俗话说，人生短暂，只有猫打哈欠的功夫，不享受点，指不定什么时候就到阴间去呢！（欲拉着他）走，走！

罗布　不，你不要逼我。要是巴丹哥知道了，不会饶我的。

扎巴　什么？你怕他？他是你什么人？因为他让你在他的养牛场干活？那是他自己需要你的帮忙，不是什么恩赐。你拿的这些工钱是你自己挣的，也不是他送给你的，你要是想到我那里帮忙，我也同样会给你工钱的。想来吗？

罗布　不，我还是不去。

扎巴　何必呢？人嘛，有的时候应该放松放松。再说了，你今天不是挣了第一份钱吗？也应该庆祝庆祝！对不对？

【罗布犹豫了一下，但还是不敢去。

扎巴　要不，今天我来请客。好不好？你不用掏钱，好吗？来，来……

【罗布犹豫不决，扎巴准备强迫地拉他走。

这时巴丹出来。

巴丹　罗布，你准备到哪里去？

罗布　我……我……我要干活去。

【罗布忙逃脱扎巴的手溜走了。

巴丹　扎巴，你准备把他带到你的酒馆去喝酒？对不对？你呀！赚谁的钱也不该赚他的钱呀！

扎巴　我的事你不用管。我赚谁的钱跟你没关系！

巴丹　扎巴，你这是害了他。赚钱也得讲点良心呀！

扎巴　谁不讲良心？我又不是偷，又不是抢，怎么就不讲良心？

巴丹　你知道你害了多少村里的年轻人吗？你知道现在村里人是怎么说你的吗？说你名义上开的是酒馆，实际上是赌场，说你的酒馆是狼窝，是贼窝，你赚的是黑心钱！酗酒、打架、赌博，什么不光彩的事情都有。村里很多好孩子在你那儿学坏，很多和睦的家庭被你那儿拆散。

扎巴　哥，你可不要随便给人扣帽子啊！我什么时候拆散人家的家庭了？

巴丹　刚才阿姐拉珍在门口什么都跟我说了，要不是我怕阿爸知道，还想让她进来跟你吵一架呢！阿姐拉珍和桑单大哥，以前多么和睦幸福！可现在他们闹翻了，已经到了分家的地步了。

扎巴　这跟我有什么关系？他们闹矛盾，是他们自己感情不和！

巴丹　你别装糊涂，还不是因为桑单大哥整天泡在你的酒馆里，把家里所有的家当都喝了，赌了，玩了？！

扎巴　这不能怪我，是他们自己愿意到我那里来的，是他们自己愿意花的钱。谁也没有强迫他。

巴丹　你！你还有理？！扎巴，你做生意我不反对，可是你不要太自私了，好不好？什么事情过头了，都不会有什么好的结果。

扎巴 你说我自私？上面也没有说做生意不要自私呀。现如今什么能赚钱我就做什么，这才叫有本事。再说了，如果你说我这是自私，那你到外面去看看，现在昧着良心赚钱的人多了去了。

巴丹 有那么多好的人你不去学，有那么多正经事，你不做。为什么偏偏要走歪门邪道呢？我告诉你，我们家祖祖辈辈都清清白白的，你可不要败坏祖宗的名声！不要给爸爸丢脸。要是阿爸他知道你在外面搞那些丢脸的事情，非气死不可！他老人家养育我们几个子女多不容易呀！

扎巴 笑话，我给家里挣钱，难道这是丢脸？我敢肯定，在我们这个家里，从来也没有出现过像我这样机灵的人。你看啊！阿爸，已故的爷爷，还有爷爷的爷爷，他们为什么都那么穷？为什么都受人欺负？还不是因为太老实，太正经。还有你，做什么不好，偏偏要搞什么集资养牛，还说"赚了是大家的，亏了是自己的"。这不是傻事吗？看在我们是兄弟的份上，我劝你，赶紧把牛卖了，把人家的钱还回去，要是牛有什么三长两短，你后悔都来不及。你知道吗？人家在背后里说你是傻瓜。

巴丹 （生气地）别人怎么说，我不管。只要扎西岗的群众能够脱贫致富，这个傻瓜我就当定了。

扎巴 好！大雁往北飞，杜鹃往南飞，各有各的向往，我做什么跟你没关系。

【扎巴"哼"了一声，悻悻而去。

【这时罗布急促地喊着"巴丹哥……"上来。

罗布　（上气不接下气地）……巴丹哥……快……快……牛……牛……牛全部都……死了……

巴丹　（惊讶地）你说什么？！

【切光。

第六场

时间 当天晚上

地点 村头的大树底下

【景:同第一场,但不是蓝天白云,而是乌云密布。天边电闪雷鸣,下起了倾盆大雨。

巴丹失魂落魄地出来,大雨把他浑身湿透。

他在仰天淋雨,似乎希望一切的痛苦被雨水冲洗。

巴丹 (突然大声呼喊)天呢!你不公啊!

【他的话音刚落,一声炸雷,震耳欲聋。

巴丹 (走到老树旁)……老树啊,你是我们扎西岗的见证者,你知道我们扎西岗曾经的兴衰,又见过我们扎西岗今天的变化。记得小时候,我需要什么,就到你这里来向你发誓,需要许下什么诺言,也要到这里来向你许诺。我相信你,老柳树,你告诉我,我头上的这块乌云能散开吗?我们扎西岗的这份困难能被战胜吗?(这时落下两片黄叶,巴丹把黄叶拿在手里)什么?你也哭了?难道我错了吗?难道我真的陷入绝境了吗?

【卓嘎上来。

卓嘎 巴丹,你不要这样,快回去,不要这样,这样会伤身体的。

巴丹 你就让我淋一淋雨，让我好好淋一下！

卓嘎 那好，我也跟你一起淋雨。

【两人疯了似地仰天淋雨。

两人在雨中大声地呼喊，然后又互相看着大声傻笑，笑着笑着慢慢笑声变成哭泣声。最后两人低下头，静静地沉思。

雨慢慢停了。

巴丹 我怎么想不到这点呢？我笨！我笨！我简直是太笨了！为什么想不到这点呢？

卓嘎 你别自责了。现在说什么也没有用，反正牛是活不过来的。都已经这样了，还是面对现实吧。

巴丹 就像一场梦，我真的不敢相信这是真的。多么希望这是一场梦呀！

卓嘎 （关心地）不要伤心。事情已经这样了，伤心也没有用。俗话说得好，"通往雪山顶上的道路都是坎坷曲折的，干一番好事，总会遇到挫折"。既然事情已经发生了，就只能面对它。你要坚强一点。

巴丹 我借乡亲们的钱还没有还呢！虽然我自己已经是这样了，但是我不能让乡亲们吃亏。

卓嘎 还钱的事先不要想太多。以后慢慢再说吧！

巴丹 那些钱是乡亲们的血汗钱，都是乡亲们一分一毛地攒下来的。有些是给儿女办婚事的钱，有些是为孩子交学费的钱，甚至有些是给老人治病用的钱……我已经答应乡亲们把有的损失由我一个人承担。我再怎么样也不能不讲信用。我一定要把乡亲们的钱还上。

卓嘎 还乡亲们的钱我也有份，我会帮你想办法的。

巴丹 不，这是我自己的事情，你不必承担任何责任。

卓嘎 不，我有责任，我一定要承担责任。是我叫你办这个养牛场的，更何况我是乡长。记得小时候，有一次我们两个一块到河边去玩。我不小心掉进了一个水坑里，我吓哭了，你伸出手想把我拉上去，可是当时我们都是孩子，你怎么也拉不上我，看着我喊天呼地的样子，你急得自己也跳了下来，跟我一起一边挣扎，一边呼喊，直到晚上大人们来找到我们。

巴丹 是啊！当时我真傻，干嘛不跑过去叫大人。

卓嘎 不，你不傻。要是当时你不跳下来跟我在一起，我会吓晕过去淹死的。幸亏你跳下来跟我在一起，我才没出事。

巴丹 后来，我们才知道，其实那个水坑一点也不深，根本就淹不死人的。

卓嘎 是啊！希望今天我们掉进的这个水坑也不很深。

巴丹 你是说牛的事情？

卓嘎 巴丹，我已经决定跳入这个水坑，跟你一起挣扎、呼喊！不过你要相信，这个水坑绝不会淹死我们的！

巴丹 （握着她的手）卓嘎……谢谢你！

【这时罗布上来。

罗布 （看见巴丹，往后喊）贡觉大叔，巴丹哥在这儿。

【贡觉上来。

贡觉 （忙抓住巴丹的手）孩子，你没事吧，阿爸吓了一跳，你可不要想不通啊！

巴丹 阿爸，我没事，你自己要保重呀！

贡觉 没事就好，没事就好！

罗布　刚才我们到处找你，贡觉大叔怕你想不通，很着急呢！

巴丹　阿爸，你这是想哪里去了，我不会有事的。

贡觉　（自责）都怪我，我今天这是做了什么？做了什么呀？是我杀死了牛，是我，是我……是我亲手毁了一切。我的这双手被斧头砍断了该多好！这样我就不会洒农药……我，我……我这老骨头本来就不该活在世上……不该活着……

巴丹　阿爸，牛死了，这不怪你。要是你自己有什么事，那才是对不起我们。

贡觉　我这老糊涂，早该死！早该死呀！

巴丹　阿爸，你不要难过。牛死了，可以再买回来，只要人还在，一切都可以重新开始。

贡觉　你说得轻巧，哪有那么容易。我们还欠了乡亲们的那么多债呀！

【这时妹妹梅朵手里拿着通知书高兴地上来。

梅朵　阿爸，大哥，你们怎么都在这儿？

巴丹　梅朵！

梅朵　（高兴地拿出邮件袋）你们看！

【众人不太理会她。

梅朵　你们看，这是我的录取通知书！

巴丹　什么？（忙过去拿着通知书）好，什么学校？

梅朵　中央民族大学外语学院！

卓嘎　好样的，外语，很好啊！

梅朵　阿爸，你看看……（贡觉低头不理她）阿爸，你怎么了？（看着周围的人都没有好脸色）你们怎么啦？怎么啦？（对卓嘎）卓嘎姐，怎么啦？出什么事啦？……你们怎么都脸色这么难看？出什么事啦？

巴丹 梅朵，没什么。回家再说。

梅朵 巴丹哥，你看（从包里拿出一个漂亮的铃铛来）这是我给我们的小牛犊查斯买的，漂亮吗？

巴丹 快把它收起来。

梅朵 为什么？你们怎么一个个都这样不说话？

巴丹 回家再说吧。

梅朵 卓嘎姐，究竟出什么事了？……快告诉我。

卓嘎 好妹妹，你哥哥的牛……死了。

梅朵 牛死了？哪头牛死了？

贡觉 都死了！

梅朵 （惊讶地）什么？全死了？哥哥，这是真的吗？真的吗？

巴丹 梅朵，你不要担心。

梅朵 ……不，这不可能……那我的查斯也死了？查斯（她哭着跑向牛圈处）……

贡觉 （看着梅朵的后背）孩子好不容易考上了大学，可是现在家里出了这么大的事，我以后可拿什么来供她上学呀？

巴丹 阿爸，你先别担心这个。

【这个时候两个民警带着扎巴上来。

扎巴低着头，不敢面对众人。

贡觉 （忙走过去）孩子，你这是怎么拉？你做错了什么？

巴丹 扎巴，你这是怎么拉？

【扎巴低头哭了起来。

贡觉 （向民警）公安同志，这究竟是怎么回事？我的儿子犯了什么罪？

民警　根据群众举报，我们对他的酒馆进行了几次调查，发现他有提供赌博场所、提供不正当服务的嫌疑。

贡觉　孩子，这是真的吗？怪不得你小小酒馆赚来那么多钱。你为什么这样做？为什么？

巴丹　扎巴，我多次提醒过你，可你就是不听，你看，现在……

【扎巴低着头不说话，似乎不敢正视大家。

民警　大叔，你不要太伤心。我们会把事情调查清楚的，如果情节不严重，并且他能认真交代、悔过自新的话，过不了多久就可以出来的。

巴丹　（深情地抓着扎巴的手）扎巴——

扎巴　哥哥，我——

巴丹　兄弟，你不要说了，现在说什么也没有用。

扎巴　哥哥，我不在的时候你要好好照顾我们的阿爸。

巴丹　你放心吧！

【扎巴走到贡觉跟前，双膝跪地深深地磕了个头。

扎巴　阿爸，儿子对不起你。

【民警把扎巴带走。

贡觉　（有些失态）怎么啦？今天怎么啦？（呼喊）老天爷，你真的不让我活下去吗？我不活了，我不活了……

【贡觉疯了似地跑下去。

巴丹　阿爸，你要干什么？

【巴丹跟着贡觉跑下，众人也跟着跑下。

切光。

第七场

时间 几天之后
地点 小院

【景：小院里非常安静,失去了白天的热闹,一轮残月挂在夜空中。

忧伤的音乐中,巴丹独自坐在小院里。

巴丹 我拿什么来还给乡亲们呢?怎么办呢?(看着自家的房子)我们乡下的房子没人买,不然我可以把它卖掉。

【梅朵出来。

梅朵 (出来)大哥!
巴丹 (回头)梅朵,你出来干么?
梅朵 大哥,我不上学了。
巴丹 什么?你说什么呢?
梅朵 我不上学了。我要出去打工,帮大哥还债!
巴丹 梅朵,你这是胡说些什么?好不容易考上了这么好的大学,你居然说不上学?!
梅朵 我们欠了人家那么多的钱,我不想给家里增加更大的负担。
巴丹 梅朵,你不要这样说,你一定要上学的。哥哥一定会想办法还乡亲们的钱的。你不用担心。

【这时贡觉手里拿着布包出来。

巴丹　阿爸，你回屋里去，别着凉了。

贡觉　巴丹，你弟弟被抓去有几天了？

巴丹　已经七天了。

贡觉　我从来没有想到过我的孩子会做犯法的事。

巴丹　阿爸，你想开点吧，他很快就会出来的。

贡觉　这几天我总是睡不着觉，昨晚好不容易睡着了，又做了个噩梦。

巴丹　梦见什么了？

贡觉　梦里很多乌鸦落在我们家屋顶，我挥舞着鞭子想赶走它们，但是乌鸦们不肯飞走。我想这是不是今后我们家会不断有人来追债的预兆。

巴丹　听罗布说，这几天村里议论纷纷。有说我们好话的，也有说我们坏话的。不管怎么说，我一定要想办法还清乡亲们的债，不能让他们也跟着我一起倒霉。

【静场片刻。

贡觉打开布包拿出那副"卡吾"。

巴丹　阿爸，你这是干什么？

贡觉　孩子，我们祖祖辈辈是清清白白的。我们不能亏待乡亲们，不能让人家说我们不守信用呀！如今你暂时也不能考虑婚事，所以，我想把我们家的这个传家之宝卖出去，换成钱还乡亲们。

巴丹　什么？阿爸，你要把它卖了？不！这不行，这是我阿妈留下的遗物。我巴丹再怎么也不能败家呀！不行……不能卖，这不能卖呀！

贡觉　除了这样做，现在我们也没有别的办法了。村里有人病了需要钱，孩子上学需要学费，可他们的钱全都给我们了……俗话说，"问话不答是哑巴，有恩不报是小人"。如果不还乡亲们的钱，那以后没有人相信我们，以后我们做什么事都不会有人帮忙。

巴丹　阿爸，我对不起你。本来想让你舒舒服服地过个安心的日子，没想到给你造成这样的痛苦，我对不起你。

贡觉　孩子，你没有错，阿爸不怪你。放出去的箭是收不回来的。你不要担心，阿爸不会垮下去的，阿爸会坚强地跟你一起站起来的。

巴丹　（感动地依偎在贡觉的怀里）阿爸，谢谢你。我有天底下最好的阿爸。

贡觉　（抚摸着巴丹的头）阿爸这一生，什么苦没有吃过呀！小的时候跟着你们的爷爷一起去支差。记得那时我还不满十岁，但是整天为老爷干活。后来民主改革了，政府给穷人们分了土地和房子，幸福的日子刚刚开始，你们的爷爷和奶奶就相继去世了。70年代和你们阿妈结婚，那年正在闹自然灾害，生活很苦，我们结婚的时候连件像样的新衣服都没有，更别说新房子了。改革开放以后，大家的生活才开始变好了，可是你们的阿妈留下我和你们几个还不懂事的孩子走了。后来家里劳力不够，我让小小年纪的你赶牛撑犁，你失去了跟别的小孩一样上学的机会。这件事是我最大的遗憾，好在你自己争气，勤劳致富，生活各方面发生了翻天覆地的变化。可如今，又遇到了这样的磨难……

【梅朵抱着贡觉哭。

巴丹　阿爸，你要相信我，这个难关一定会过去的，天上飘过的乌云总会有散开的时候，金色的太阳一定会出来普照大地的……

【这时卓嘎上。

巴丹　卓嘎，这么晚了，你来干什么？

卓嘎　哎呀！巴丹，你的脸色不太好，要精神一点嘛！你可是我们扎西岗的致富带头人，精神一点才行啊！

巴丹　卓嘎，别取笑我，我现在不是什么致富带头人。

卓嘎　不，你要继续当我们扎西岗的致富带头人，要带动乡亲们一起致富。

巴丹　卓嘎，你不是不知道，我现在这种情况还有什么资格当致富带头人。

卓嘎　不，你仍然可以当我们的致富带头人，所以我今天特地来看你的。

巴丹　那你说，现在我还能干什么呢？

卓嘎　你要干老本行。

巴丹　养牛？

卓嘎　是的。在哪里栽了跟头，就在哪里站起来！昨晚我想了一宿，我觉得你的这份事业心是难能可贵的，虽然遇到了一些挫折，但毕竟已经开了一个很好的头。我希望你重新开始你的养牛场，希望你创造出一个品牌来。

巴丹　重新开始？哪有那么容易？我拿什么来重新开始？

【这时卓嘎从自己的包里拿出一摞一摞的钱，放在巴丹跟前。

卓嘎　拿这个来开始，这里有三十万现金，你先拿去用吧。

巴丹　这么多的钱，你从哪里弄来的？

卓嘎 先别问,你拿去重新买牛回来。

巴丹 你不告诉我钱的来历,我就不能要。

卓嘎 那好,这是我的房贷款。我本来想在城里买个房子,向银行贷款,但是细心一想,我现在还年轻,买房的事不用着急,所以,你先拿去用吧。

贡觉 孩子,你要慎重考虑呀!

卓嘎 贡觉大叔,你就放心吧!这次就算再出了事也是我卓嘎一个人的事。就像当初巴丹对乡亲们承诺的一样。

巴丹 可是,我还没还清乡亲们的债,等我还完了再做决定,行吗?

卓嘎 巴丹,时间不等人,时间就是金钱,现在乡亲们最需要的不是你来还他们的债。他们需要的仍然是你带着他们致富奔小康。

【巴丹不敢答应。

卓嘎 巴丹,勇敢一点。创业总会遇到很多挫折和困难的,失败本身不可怕,可怕的是跌倒了就不再站起来,怕的是不坚持,不继续。男子汉,勇敢一点,不要一朝被蛇咬,终身怕井绳。《萨迦格言》里说的好:"水往低处流,火往高处烧。"你不应该是低头的溪流,而应该是昂首的烈火。巴丹,办养牛场的经验你有了,资金也摆在眼前。现在不是办不办的问题,而是一定要办下去,并且要比以前更大、更好。

贡觉 卓嘎,我还是有些顾虑,这样做,乡亲们会答应吗?

卓嘎 乡亲们那里我来做工作。

【这时牧羊叔、罗布以及其他村民都上来。大家站在那里,表情严肃,没有言语。

贡觉 （以为是前来追债）你们到底还是来了，你们放心，我们正在想办法，会还你们的钱的。

巴丹 你们不用担心。我一定会信守承诺，一分不少地把钱还给大家。只是我现在一时没有办法还大家的钱，希望大家给我一点时间，就算我需要卖自己的饭碗，一辈子为人当牛做马，我也一定还清大家的钱！

牧羊叔 巴丹、贡觉，你们把我们想到哪里去了？我们一辈子在一个村子朝夕相处，你们还不了解我们吗？看到你们家发生这样的事，我们心里也不好受。我们扎西岗的人自古以来就有有难同当、有福同享的好传统。这个挫折是我们大家的挫折，不是你们一家人的挫折。（拿出那份借条）巴丹，这是你写给我的借条，今天我当着大伙的面，把它烧掉，你就当从来没有向我借过钱！

【一个年轻人搬过来一个火盆，牧羊叔点火把借条烧掉。在一曲庄严的音乐声中众人也象像一个庄严的仪式一样，把借条一一烧掉。

卓嘎 好！烧得好！今天这把火点燃了我们扎西岗人的信心和决心！你们看看，我们扎西岗的这棵老古树还依然挺立在这里，等明年开春，它又将长出新的枝叶来，又会枝繁叶茂，装点着我们扎西岗的春天。

【音乐大奏，众人的脸上充满了喜悦。

——幕徐徐落

尾　声

时间　一年之后

【舞台分成几个演区，中间位置上梅朵正在写她的《扎西岗的春天》。

其他演区里几个主人公在灯光下站着。

梅朵　时间过得真快，我来北京上学已经一年多了。可我的《扎西岗的春天》还没有写完。因为，我们的扎西岗每天都发生着许多许多新的变化……

巴丹　我们的扎西岗又迎来了一个阳光明媚的春天，春天是个好季节呀！一切冻了的、枯了的，又都复苏了。我的养牛场也在乡亲们的帮助下又办起来了，并且规模更大、效益更好。

贡觉　一代人有一代人的想法，一代人有一代人的生活，咳！不说了，不说了。哦！对了，阿爸现在整天看着巴丹哥哥新买的奶牛，乐得合不扰嘴呢！哈哈。

扎巴　（不好意思地）俗话说得好，世上没有无节疤的树木，谁没有缺点、错误的，对吧！不过，我现在已经改头换面了，噢！不，不，不，不是改头换面，是改过自新了。前不久我买了一辆中巴车，现在正忙着跑运输，挣了不少钱，这回可都是干净的钱呢！

卓嘎 组织上本来要调我到县里当副县长，可我请求组织再干一年扎西岗的乡长。真的，我还想在扎西岗干很多很多的事呢！

牧羊叔 人呢，忙来忙去，辛辛苦苦，最后就图一个幸福的晚年，我现在身体很好，正准备跟村里的几个老头，坐扎巴的车，到外面的世界去看一看呢。哈哈……

罗布 还有我呢！可别忘了我！我现在可是巴丹哥的得力助手呢！以后不许叫我罗布，叫我罗总。

【音乐起。

——幕徐徐落

2008年4月16日于泽当第一稿
2008年8月11日于拉萨第五稿

（本剧获得第十三届文华大奖特别奖、西藏自治区珠穆朗玛文学艺术奖金奖）

电影剧本

阳光下的西藏

人　物

丹增　男，20多岁，某公路设计院的工程师。
桑珠　男，20多岁，农村青年。
白珍　女，20多岁，桑珠未婚妻。
珠巴　男，50多岁，桑珠的父亲，老船夫。
央金　女，20多岁，中学老师。
巴桑　女，11岁，农村小学生。
卓玛　女，20多岁，丹增大学同学，现居美国。

1. 拉萨贡嘎机场　日

　　飞机缓缓降落。

　　一群学生模样的人从机场的过道匆匆走过。

　　人群中有丹增。

2. 公路　日

　　民航局的班车行驶在高速公路上。

　　一路上都是阳光下的西藏景色。

　　汽车进入拉萨。

　　阳光下的布达拉宫。

　　热闹的拉萨街道。

　　具有浓郁藏族特色的建筑物。

　　出片名《阳光下的西藏》。

3. 德龙河　日

　　一座西藏农区的小村庄。村子不大，前面流着一条河，河的两岸和山脚下的青稞地里庄稼长得绿油油。

　　盛开的油菜花金灿灿的，似乎点缀着绿色的庄稼。

　　蓝天白云下，宽阔而清澈的德龙河碧波荡漾地流淌着。

在德龙河上，横跨着一坐崭新的水泥桥。

桥上彩旗飘扬，群众簇拥，一片热闹的景象。

桥头挂着横幅，上面写着"热烈庆祝德龙河桥通车仪式"。

横幅下面站着身穿藏装、手里拉着红绸布的少女。

旁边站着手里拿着"卓索切麻"的女孩。

几辆汽车从前方驶来。

一个群众：来了，来了。大家准备，领导来了！

丹增等工程人员和几个县干部下车。

他们兴高采烈地走了过来。

主持人站在高处讲话：乡亲们，我们请领导讲话。

领导很激动的样子，走到话筒前。

领导：我们盼望已久的德龙河大桥现在将要通车了！这是以我们丹增工程师为主的交通设计院的同志们为我们做的一件大项目。所以，我今天代表全县人民，首先向丹增工程师为代表的全体参加修建项目的人员表示衷心的感谢，大家知道，丹增工程师出生在这里，他是从这里走出去的，后来上了大学，现在又回到家乡，建设家乡，他是我们德隆村的骄傲……

群众热烈的掌声。

主持人：下面请县领导和丹增工程师为通车仪式剪彩！

鞭炮声中丹增和县领导拿着剪刀剪彩。

装满货物的东风车和挂满哈达的崭新拖拉机过桥。

许多群众给新桥和丹增等工程人员敬献哈达。

白珍拿着哈达来到丹增跟前：丹增哥，你是我们德龙村的骄傲！

开着手扶拖拉机的农民走到丹增跟前：丹增，你解决了我们老百姓的大问题。现在有了这座桥，我明年一定买一辆大卡车，跑运输！

主持人：丹增工程师，你给这座桥起个名字吧！

一个群众：这是丹增为我们老百姓做的一件大事，就叫它丹增桥吧！

许多干部和群众争先恐后：好，这个名字好，这个名字很有意义。

丹增：这可不是我一个人的功劳，这里面有很多人的心血，这是国家为我们早日过上小康生活而出资修建的。所以我建议叫它"小康桥"，虽然这个名字在西藏有些过于普遍，不新鲜，但这是最贴切不过的了。

大家同意了这个虽很朴实，但最贴切的名字：好，很好。

4. 离桥不远处　日

桑珠从平静的水上划牛皮筏子过来。

从表情上看得出来，他的心情很复杂。

到了岸边，他把牛皮筏子拴在河边，然后坐在旁边的石头上，默默地看着前面不远处新修大桥和兴奋的人们。

牛皮筏子和崭新的桥形成强烈的对比。

兴奋的群众和沉闷的桑珠有强烈的反差。

他看着空空的筏子，索性站起来使劲地往河里扔石头，发泄自己烦闷的情绪。

人群中的丹增注意到了桑珠。

5. 河边　日　（闪回）

　　童年时期的丹增和桑珠在河边的沙滩上快乐地互相追逐着。

6. 桥上　日

　　敲锣打鼓的声音把丹增从回忆中拉到现实。
　　人们载歌载舞的庆祝场面。

7. **白珍甜茶馆　夜**

　　丹增和其他几个丹增小时候的伙伴围着一张桌子在吃饭。
　　丹增举起杯子：来来，今天德龙河桥终于通车了，这是我从学校毕业以后为家乡人民献上的第一份礼物，也是自己最满意的一件作品，我很高兴！来来……
　　伙伴甲：我提议大家为丹增敬一杯酒。我们从小在德龙河边光着屁股一起长大。可是如今，我们几个还扛着铁锹，看人家丹增，上了大学，靠知识为家乡做了多大的贡献。祝贺你，也感谢你！
　　大家把酒喝干。
　　丹增：大家不要忘了感谢央金老师。她可是真正为我们做贡献的人。我们虽然也做了点事情，那也是为自己的家乡，人家央金老师可是放弃了城里舒适的生活，来到我们乡下来贡献青春的。
　　央金有些感触：其实，我们都是为西藏人民服务的，可是说实话，来基层已经这么多年，我也想做点贡献，但是这样整天待在乡办公室，也做不出什么贡献。你们都很尊敬我，什么好条件都让给我。虽说自己也不是整天闲在那里，但我总还是找不到那种做贡献的感觉。你看，人家丹增多好，已经找到了做贡献的感觉。

同学乙笑着：看来，你是来基层寻找理想的！

央金：那当然。

丹增：那你想干什么？

央金猛喝了一杯酒：丹增，我正要跟你说这件事。真的，我几次下乡后发现，下面很缺老师。所以，我准备申请到一个学校去教书……

丹增高兴地：好，我支持。来，为此干一杯！

丹增和大家碰杯。

正当大家兴致勃勃地喝酒唱歌时，突然茶馆的门"砰"地被踢开。大家惊惶地一看，喝醉了酒的桑珠摇摇晃晃地进来。

桑珠用很不友好的眼神看了大家一遍，然后坐在大家的对面，用拳头狠狠地敲下桌子：白珍，拿酒来，我要好好喝个够！

白珍：桑珠，你怎么喝了这么多酒？

桑珠：闭嘴，我喝了多少你还管不着，老子心里不舒服，快拿酒来！

桑珠继续狠狠地敲桌子。

丹增：桑珠，你别捣乱。

桑珠：你也闭嘴，你也管不着我！

8. 德隆河边 日

桑珠和白珍沉默地坐在河边。

桑珠久久地看着横跨在河上的桥,又看着自己的牛皮筏子。

行人和车子从桥上行走。

桑珠:我恨那座桥,恨修那座桥的人……是他断了我的活路,是他毁了我的梦想。

白珍:你不能这样想,对于山里的老百姓来说,是一件天大的好事,应该感谢修桥的人才对呀……

桑珠生气地:那我呢?难道我不是老百姓吗?他们砸了我的饭碗,我还要感谢他们?

白珍耐心地:你不要这样说嘛!你自己看看,看看这牛皮筏子,这么原始落后的东西早该淘汰了。

桑珠猛地站起来走到牛皮筏子旁,发疯似地把牛皮筏子砸掉……

桑珠:好,淘汰,我让你淘汰,我让你淘汰……

白珍拉着桑珠:不要,桑珠,你不要这样呀……

9. 村里、桑珠家门口 日

丹增来到桑珠家的门口,敲门后一个实际年龄为50多岁但看起来已经70多岁的大叔开门,他就是桑珠的父亲,老船夫珠巴大叔。大叔似乎眼睛不太好。

珠巴:你是?

丹增:大叔,是我。

大叔：噢，是丹增呀，我的孩子。你看我这眼睛，连你都认不出来。来，快进来。快进来。

丹增坐在床沿上，珠巴大叔给他倒了一杯青稞酒。

珠巴：丹增，现在你给德隆河上修了一座桥，乡亲们都很高兴。

丹增：现在修了桥大家出去很方便。

珠巴：太好了，现在德隆河上有桥了，太好了。这在过去是不可想象的呀。

丹增：过去乡亲们出远门都要靠桑珠的牛皮船，现在有了桥就方便了。

珠巴：是啊，我们祖祖辈辈都在德隆河上划牛皮船，划船可是太辛苦了。现在终于有了桥了，桑珠他也不必再辛苦，这是他的造化。

丹增：珠巴大叔，桑珠在家吗？

珠巴：他刚出去了。

丹增：到哪里去了？

珠巴：可能到河边去了。这几天他心情不好，老是到河边去发呆。

丹增：是吗？那我到河边去找找他。

丹增告别珠巴大叔匆匆走出。

10. 河边　日

桑珠手里拿着一瓶酒，闷闷不乐地喝酒。

丹增来到他的身边。

丹增：你不高兴呀？是不是对我有意见？是不是因

为我建了桥？好，有什么心里话你就说吧，我们可是最好的朋友。

桑珠：意见？哼！你现在是大工程师，你为家乡百姓做了一件了不起的大好事，我对你能有什么意见呢？

丹增：我知道，修了桥就毁了你的生意。可是，修建桥应该是值得高兴的事情，为了大多数人的利益牺牲个别人的利益是难免的。

桑珠不说话，只管猛喝酒。

丹增：今后你也不要这么消沉下去。不要再无所事事，要为年迈的阿爸着想，要去找点事干。

桑珠毫不客气：我的事情你管不着！

丹增从自己的腰包里拿出几百块钱：拿着，这钱就算是我给你的损失费吧……

桑珠：你为什么要给我钱？我不是乞讨者！

丹增：不，不。我不是这个意思。说实在的，你也算是对我们村有贡献的人，以前没有桥，我们村的乡亲们出行都靠你的船。现在有了桥，不该忘记你呀！给！拿着！

桑珠：我不需要你来可怜。

桑珠一挥手把钱抛洒在空中。

空中纸币像雪花一样飘荡。

11. 珠巴大叔家　日

桑珠垂头丧气地进门，闷闷不乐地坐在卡垫上。

珠巴大叔知道儿子这几天有些不高兴，但还是装作没有发现，找话题跟儿子聊。

珠巴：刚才丹增来我们家了。

桑珠问：谁？

珠巴：是你小时候的好伙伴，丹增。

桑珠：他来干什么？

珠巴：来看你。

桑珠：以后咱们别再理他了，他现在是大工程师，跟我们这些乡下人不是一条路上的。

珠巴：怎么啦？你跟丹增从小一起长大的，你们是好伙伴，现在你们怎么啦？

桑珠：阿爸，你知道吗？是他们把我的饭碗给砸了……

珠巴：儿子，阿爸知道你心里不舒服。可你也不能怪人家呀，人家做的毕竟是好事嘛！

桑珠有些委屈地：那我以后拿什么来赚钱养你呀？

珠巴：你不用养我，现在我还能干活，能养活我自己。其实现在我最期盼的不是你挣钱养活我，我要的是你早点成亲。我已经这把年纪了，我想抱孙子。我觉得白珍那女孩子很好，对你对我都不错……

桑珠：阿爸，我现在什么都没有，没有活儿干，没有收入，还成什么亲呀？我一定要找个活儿干，干不出名堂来，我绝不成亲。我不想当靠老婆吃饭的人……

12. **河边　日**

珠巴大叔坐在河边，手里摇着经筒，他默默地看着远处的横在河流上的新桥。

大桥上行驶着满载的车辆。

13. 河边　日　（闪回）

　　河面上桑珠的牛皮船里载满人和东西，桑珠一边唱歌，一边用力地划船。

14. 白珍甜茶馆　日

　　村头小集镇上有个小小的简陋的茶馆，茶馆的门牌上写着白珍甜茶馆。

　　茶馆里有几个乡下人喝茶，白珍给他们倒茶。

　　桑珠进来，找个地方坐下。

　　白珍忙过去给他倒茶。

　　白珍坐在他的对面：喝茶吧。

　　桑珠：白珍，我要出远门。

　　白珍：去哪里？

　　桑珠：我想出去打工。

　　白珍：去打工？去哪里？

　　桑珠：不知道。

　　白珍：去多久？

　　桑珠：至少半年，所以我想求你——以后我不在家的时候帮我照顾一下我阿爸。

　　白珍：照顾你阿爸倒是没问题，就算你不求我，我自然也会照顾他的。你出去打工我同意。不过，你也不要太感情用事，我们两个的婚事也该办了。你阿爸一直盼望我们两个早点结婚，要不先办了婚事你再走吧！好吗？婚事不需要搞得太隆重，简简单单就行。

桑珠沉默了一会儿：不行，我现在没有活儿干，我不干活怎么养家呀？

白珍：现在我的甜茶馆生意还算可以，养活我们三个人是没问题的。

桑珠：不行，我是男子汉大丈夫，我不愿靠老婆吃饭。结婚这个事，等我赚了足够的钱再说……

说完桑珠猛地站起向门口走去。

白珍：桑珠，你等等！

15. 小康桥上　日

丹增和白珍走在桥上。

白珍：丹增哥，现在桥修好了，你要回城里吗？

丹增：不回去。桥修好了，但是还要修路。把路修到山里的湖边去。

白珍：那太好了。我又可以请教你很多事情。

丹增点点头笑了起来。

白珍：丹增哥，最近桑珠他情绪失常，总是在喝酒解闷，我们劝了，他谁都不听，你劝劝他吧。

丹增：我去劝更不合适。他现在最恨我了。

白珍：小时候你们两个可是像亲兄弟似的。可是现在他居然……咳！

丹增：这不怪他，我理解他。我修了桥，断了他的活路，他恨我是应该的。

白珍：可是修桥对于我们村子来说，是个天大的好事。他怎么能那样想呢？

丹增：谁都有想不开的时候。这很正常，再说，这德龙河上划船是他们家祖祖辈辈传下来的家业。祖辈的家业到了他这里就断了，自然会有些想不开的。

白珍：可是时代在变，这么落后的交通工具迟早要淘汰的呀！

丹增：不管怎样，我毕竟是得罪了他，白珍，你知道吗？在这个世界上我最不想得罪的是他。可我还是得罪了他。

白珍：可是这是没办法的事情，就算是你不修桥，别人也会修的。

16. 桥头的公路旁　日

桑珠和白珍在公路旁等车。桑珠背着包，手里提着行李。

白珍：听丹增哥说，那条路快要从我们村修到山里面的热库湖边了。要不你先不要出去，等工程开工了，找丹增哥，到他那里参加修路，一样能挣钱。

桑珠：你别为难我了，我怎么找他呀？再说，以前我一直在划船，别的活儿不会干，要是在这里干活儿，怕乡亲们笑话。我还是在外面一边干一边学吧。

白珍：在外面人生地不熟的，你可怎么办？

桑珠：不用担心，男子汉大丈夫不怕遇到麻烦。

白珍：阿爸这边你不要担心，我会照顾好他的。

桑珠：谢谢你。

这个时候丹增从前面跑过来。

丹增：你真的要出去吗？

桑珠点了点头。

丹增从兜里掏出几百块钱，递给桑珠。

丹增：在外面闯荡，什么麻烦都会遇到的，兜里唯一不能缺少的是钱，拿着，有用得着的地方。

这回桑珠没有拒绝，把钱接了下来。

三个人正没话可说的时候前方驶来一辆中巴车打消了这尴尬的场面。

白珍：车来了。

丹增把行李放在车的行李架上。

桑珠上车，从车窗里向他们挥手告别。

中巴车在新修的马路上向远方驶去。

丹增和白珍目送着车离开。

丹增：他出去一趟也好，也许他会明白时代的变化。

17. 县城附近的一个沙石场　日

桑珠来到工地。

这里到处是机器的轰鸣声。

桑珠向一个人询问了什么是，那个人往前方的帐篷指了指。

桑珠点了点头快步向帐篷走去。

帐篷里几个包工头模样的人抽着烟歇息着。

桑珠：这里谁负责？

包工头：什么事？

桑珠：师傅，这里需要人吗？

包工头：你会干些什么？

桑珠：我……

包工头：你会开装载机吗？

桑珠摇摇头。

包工头：那会开挖掘机吗？

桑珠仍摇摇头。

包工头摆出一副无奈的脸：我们这里需要的操纵机器的。

18. **一家企业　日**

桑珠从这家出来，又进另一家。

办公室里老板摆手摇着头。

19. **县城另一家单位　日**

在另一家单位的门口，桑珠请求一个中年人：……能不能给我安排个工作？我有的是力气！

中年人：哎呀，小伙子，这事不是我不帮你，现在这个社会光有力气怎么够，还得要有技术。你什么技术都不会……

桑珠无话可说。

20. **县城街头　夜**

桑珠蜷缩着躺在街头。

21. **县城街头　晨**

很多民工站在街头等待雇主。

桑珠站在民工们的后面。

骑着摩托车的小老板过来，很高傲地跟民工们说着话。

民工们围着小老板又是递烟，又是哈腰点头。

小老板挑了几个年轻力壮的民工带走了。

不一会儿民工们基本都被包工头带走，只剩下桑珠一个人。

桑珠有些沮丧地准备回去，这个时候前面过来一个包工头。

桑珠：老板，需要民工吗？

包工头打量了一下桑珠，你会做什么？

桑珠：我会……

包工头：会盖房子吗？

桑珠：盖房子？

包工头：砌砖，扶墙什么的。

桑珠没有多少底气，吞吞吐吐地：我……会……会的，会的。我什么都会。

包工头：好好。你愿不愿意去那曲？

桑珠：那曲？

包工头：去那曲工钱很高的。

22. 山坡上　日

丹增带着团队在工地上测量着。

23. 工地帐篷内　夜

深夜里丹增正在上网，他在网上与远在美国的卓玛聊天。

屏幕上出现汉字。

卓玛（画外音）：我已经拿到奖学金，我最近发表的一篇论文引起了一些美国权威人士的注意。这对我来说是一个很大的鼓舞……你现在工作之余还在坚持写作吗？以前你的散文写得不错……

24. 北京某高校　日　（闪回）

校园景象。
在教学大楼前很多师生穿着学位服照毕业合影。
丹增和卓玛走在校园的林间小道上。
卓玛：丹增，快毕业了，你打算回去还是怎么样？
丹增：我当然要回去。
卓玛：不想留在北京或者出国？
丹增：家乡需要我，我必须回去。你呢？
卓玛：我不想回去，我要出国。
丹增：出国？
卓玛：丹增，你跟我一起出国吧。
丹增：我也出国？哈哈！谁会供我出国留学？
卓玛：你也知道，我阿爸有的是钱，他会供我们出国留学。丹增，你的学习成绩那么好，聪明又有才华，要是能够出国深造，将来一定前途无量。如果你回去在大山里浪费青春，那多可惜呀。
丹增：那不叫浪费。家乡养育了我们，国家供我们上学。现在是我们报答家乡的时候了！
卓玛：丹增，我真搞不懂，现在居然还有你这样的人。

25. 工地帐篷　夜

电脑的信息声把丹增从回忆中醒过来。

丹增打字回话。

丹增（画外音）：现在我们西藏比起以前变化很大，我平时工作很忙，没有时间写作……

26. 县中学新落成的教学大楼前　日

一个学校领导带着央金参观教学楼。

学校的环境很干净，很优美。

刚竣工的五层教学楼高大雄伟。

这有些出乎央金的意料，她连连称赞。

学校领导：这座教学楼是援藏干部投资盖的，里边设施齐全，什么都有。现在我们缺的不是硬件设施，缺的是老师……

央金点头。

学校领导：教育局决定认你来担任副校长。

央金：不，不。不瞒你说，我只想好好教书。

27. 藏北草原上　日

藏北草原的广阔天地间，一辆东风卡车缓慢地行驶。

东风卡车里挤满了民工，卡车的蓬杆上和车身周围都挂满了各种生活用具和劳动工具。

民工中有桑珠，他挤在民工们中间，他的脸拉下来，眼神呆呆的。

28. 工地临时办公室　日

丹增和几个设计人员正在讨论公路设计图。

丹增：我觉得还得要抬高20厘米，山里雨季到来时洪水多，太低了怕被洪水淹没。

一个设计人员：我看这路根本不需要修那么好。这山里只有几户人家，国家投那么多钱不值得。

丹增：不能这么看问题，如果光考虑山里几户人家的出行问题，也许真的不值得修这条路，可是你们知道吗？这山里面有一座漂亮的湖，这可是这个地方的摇钱树呀！一旦把这条路修通了，这里的旅游业一下子就能搞活。你们没看过那座湖吗？简直是太漂亮了。过几天我们专门去看看。

29. 藏北草原上　日

工地上一个施工队正在盖民房。

桑珠在民工中间按照包工头的指挥一会儿搬石头，一会儿搅拌泥巴。

包工头对桑珠：你过来。

桑珠：老板，什么事？

包工头：（指着一个残墙）你不要搅拌泥巴，那是女人干的事。你到那儿去砌墙。

桑珠：老板，还是让我干这个吧，砌墙我不会……

包工头：什么？你不会？来的时候不是说你什么都会吗？

桑珠：我……

包工头：不行，你去砌墙去，这么大的个子，还在这里干女人干的事，去去！

桑珠：是。

包工头：要好好砌啊，出了问题自己负责。

桑珠只好硬着头皮去干。

30. 小康桥上　日

丹增在桥上散步。

河水水波荡漾，晚霞倒映在河面上。

丹增若有所思地看着河面上倒映的美丽晚霞。

31. 河面上　日　（闪回）

少年时期的桑珠在江面上划着牛皮船，他一边划船，一边唱着歌。

少年时期的丹增背着书包来到河边，他吹着口哨向江中的牛皮船挥挥手。

桑珠看到丹增高兴地把船划过去。

丹增站在牛皮船的前头读着书，桑珠站在船尾用力地划船。

桑珠：上学好玩吗？

丹增：可好玩了。明天你也跟我一起上学吧！

桑珠：不了，我阿爸说了，我们家祖祖辈辈是船夫，读书没有用。叫我早点划船，这条河上不能没有人划船。早点撑起船桨，这才是正事。

丹增：读了书，一样能挣钱养家。

桑珠不理睬丹增的话，自己得意地唱起了船歌。

32. 小康桥上　昏

天有些黑了，有人喊：孩子，快回家吧！

丹增猛从回忆中醒来，仔细一看才知道，原来是珠巴大叔。

丹增：大叔，原来是你。

珠巴：是丹增呀！对不起，我视力不好，老是认错人。

丹增：大叔，你怎么到这里来？你在找谁？

珠巴：我以为你是我儿子呢。

丹增：桑珠？

珠巴大叔坐在石头上，想了想，对丹增：桑珠他阿妈去世的早，我自己眼睛又不好，我们家祖祖辈辈靠在这河上划船生活。现在河上修建了这座桥，我儿子他离家出走了，现在不知道在哪里，我非常着急。……

丹增：大叔，还是先回家吧，不用担心，桑珠他不会有事的。我送你……

丹增搀扶着珠巴大叔回家。

33. 珠巴大叔家　夜

珠巴大叔在阳台上一个人静静地坐着。

34. 河面上　日　（闪回）

珠巴大叔手把手教少年桑珠划船。

少年桑珠稚嫩的双手握住船桨。

珠巴：来吧，孩子！用力，用力，再用力！

少年桑珠用全身的力气划船。

珠巴：好样的！真是阿爸的好孩子。好，太好了！用力，用力……

35. 白珍甜茶馆　日

白珍在茶馆里忙里忙外。

丹增坐在茶馆里，他一边喝茶，一边在看报纸。

白珍忙完后来到丹增面前，她给丹增的茶碗里添了些茶。

丹增：白珍，这报纸上有职业学校的招生广告。你不想试试？

白珍：职业学校都教些什么东西？

丹增：什么都教，有教手工编织藏毯的，有教画唐卡的，也有教餐饮的。你应该去学医学餐饮方面的东西！

白珍：我想过，可是我的文化基础不好，怕是考不上

丹增：你总不能一辈子靠这么一个小茶馆吧！将来随着社会的发展，竞争会越来越激烈，年轻时学点东西将来很有帮助。我建议，你从现在开始，利用业余时间复习，考职业学校，学点餐饮方面的专业。等以后那条路通到热库湖边，你在那里搞个农家乐，生意一定会很好。

白珍：开农家乐？这正合我的理想。

丹增：那就听我的吧。人要有志向。赶紧准备考职业学校，学习文化课时要是遇到困难，我可以帮你。

白珍有些高兴：好，有您这句话，我一定试一试。

36. 山路上　日

一辆白色的越野车在乡村的简易公路上行驶。

丹增和几个测绘人员坐在车里说说笑笑。

车子有些颠簸。

沿途美丽壮观的高原景色使丹增等人由衷地赞叹：太美了，太美了……

丹增叫司机停下车。

他们像狂热的旅行者一样，跑到大自然的怀抱中，情不自禁地唱：美丽的西藏，可爱的家乡……

丹增对身边的人：我们西藏这么美丽，我们西藏旅游业的前景，那可是一片光明呀！现在最关键的是路，所以我们一定要尽快把那条路修好。

37. 热库湖　日

在蓝天白云下，美丽的高原湖泊展现在人们的眼前。

湛蓝的天、洁白的云朵、雄伟的雪山、碧绿的湖泊。

丹增他们的白色越野车颠簸着来到湖边。

湖边的农田里麦浪滚滚，青稞飘香。

丹增他们下车观看美景。

丹增：你们看，这不是人间仙境吗？这么美丽的地方藏在大山深处多可惜呀！

一个同事：太美了，丹增，上次我不是说这条路不值得修吗？现在我要收回那句话。太值了！为了请人们到这里来看这美丽的湖泊，修那条路是太值了！我们要尽快把它修好！

38. 乡村路上　日

丹增看到前方有农民过望果节。

丹增他们赶到农民过望果节的地方。

富裕起来的农民穿着节日的盛装，从四面八方来到这里过望果节。

望果节上正在进行着各种具有浓郁民族特色的体育活动。比如：赛马、拔河、抱石头等。

丹增在人群中一边看热闹，一边察看民情。

人群中有人认出了丹增：哎！这不是我们的丹增吗？

于是人们很热情地把丹增请到自己的帐篷里，敬献美食和青稞酒。

一个老太太：丹增呀！你是我们家乡的大恩人呢！自从你们修了那条大桥，我们山里交通方便多了，生活富裕了，眼界开阔了。过去，我们三五年去一次拉萨，现在一两个月去一次拉萨，方便了，太方便了。

丹增等人高兴地跟乡亲们唱歌跳舞。

39. 乡村公路上　日

丹增等人开着车高兴地回家。

从前方过来一群人马。

人和马都漂漂亮亮。

马上的人们穿着盛装，脖子上挂满哈达，手里举着五彩经幡。

这是一个按照传统习俗进行活动的迎亲队。

丹增他们把车子停靠在路边，下车毕恭毕敬地等待迎亲队。

当迎亲队经过丹增他们面前的时候，马队中的一个中年人认出了丹增。他赶紧让马队停下来，下马来到丹增他们面前。

中年人：这不是丹增吗？

丹增：大哥，你好。迎亲队伍好气派呀！

中年人：丹增，我们要感谢你呀！要不是你们给我们修了那座桥，哪里会有我们家的今天呀！

丹增：大哥，你言重了。修桥是我们的职责呀！

中年人：不瞒你说，以前我们这个地方交通不便，女孩们都往外嫁，没人愿意嫁到这里来。现在路通了，越来越多的外地女孩愿意嫁到这里来。所以，我们要感谢你呀！

丹增：不，不。如果你们要感谢，就感谢政府，感谢好的时代。

迎亲队伍给丹增他们敬酒献哈达。

大家高兴地共饮美酒。

40. 丹增宿舍　夜

丹增在网上与卓玛聊天。

他在敲击键盘。

丹增（画外音）：今天我参加了望果节，又遇到了一个幸福的迎亲队，我们的老百姓真的很善良、很淳朴，虽然他们现在的生活还有些落后，但思想境界真让人感动……我要帮助他们过上幸福生活。

屏幕上出现汉字。

卓玛（画外音）：……美国是当今世界最发达的国家，

这里的人们过的是世界上最富足最先进的生活。经过一段时间的努力，我开始进入了美国人的生活圈。人活着首先要考虑自己，自己要活得最好。我已经拥有自己的汽车和房子……以前在大学里，你的成绩比我好，你现在重新选择生活道路，还为时不晚……

丹增看着电脑屏幕，长长地吸了口气，自言：是啊！其实我确实不比你笨呀！

41. 藏北工地　日

工地上，民工们各自忙碌着。

桑珠站在三米多高的墙上砌砖。

突然墙体有些倾斜，小石子开始往下掉。

桑珠看墙下的人低头作业。

桑珠一边自己往下跳，一边喊出：快——闪开——快闪开——快——

墙体摇晃地倒下。

42. 学校　日

一声铃声响后，一群学生从教室里蜂拥而出。

央金满身粉笔灰，手里拿着教学用具出来。

一个女老师叫住央金：老师，到这儿来休息一会儿。

央金走到那位老师跟前。

女老师：央金老师带几个班？

央金：我带三个班级。你呢？

女老师：我带四个，今年还算轻松。过去是带五六个班的。

央金：我们这里缺少老师呀！

女老师：这里还算可以，下面的乡里更缺老师。在那些比较偏远的教学点一个老师要带三四个年级的课，而且语文、数学、体育什么都要教的。

央金稍加思索：找个时间，我想到那些学校去看一看。

43. 山村学校　日

央金背着包来到一所山村学校。

她跟学校老师交谈。

央金来到学生宿舍里，发现墙上挂着一把自制的六弦琴，她很好奇地把琴拿在手上仔细地看。

央金：这是谁的？

一个十一二岁的小女孩有些不好意思地：是我的。

央金问她：会弹吗？

小女孩抱着六弦琴，很娴熟地弹唱了当地的民歌。

央金被小女孩的优美动听的弹唱所吸引。

央金：你叫什么名字？上几年级？

小女孩：我叫巴桑，现在上六年级。

央金高兴地：哦，是毕业生。好，到时候我在县中学等你。

44. 一家咖啡馆　日

在昏暗的灯光下，丹增和央金面对面地坐着，但是两人都在思考并未说话。

丹增先开了口。

丹增：……下面缺老师的情况，其实我也知道。不过今天听你这么说，确实应该引起重视。我们耽误什么也不能耽误教育，要改变西藏的落后状况，还是要靠教育。我们一直在说西藏跟全国一道走科教兴藏的道路，但是教育上不去，那等于白说。

央金：这里要发展，一是要改变基础设施，另一方面要发展教育，这两个同样重要。

丹增：是啊！这两个缺一不可。

45. 拉萨街上一家乐器商店　日

央金来到一家乐器商店，商店里有许多具有民族特色的乐器。在琳琅满目的乐器中，央金精心挑选了一把崭新的六弦琴。

46. 乡村学校　日

一个老师从校门前喊：巴桑，你过来一下。

小巴桑应着声，从学生群里跑出来。

老师把那把崭新的六弦琴交给巴桑：这是上次来的那位央金老师专门给你买的。

小巴桑高兴地弹起六弦琴。

琴声响彻在山村的天空。

47. 村头　夜

圆圆的月亮挂在空中。

整个村庄在月光下好像是睡着了一样。

桑珠背着包一个人从小路上走过来。

他坐在一个高处,往村里望了一望,他好像心事重重,深深地叹了一口气。

48. 珠巴大叔家　日

深夜里珠巴大叔静静地躺在被窝里。

49. 河边　日　（闪回）

少年桑珠不划船,在河边哭闹。

珠巴在旁边劝说。

桑珠:我不划船,我要跟丹增他们一起上学。

珠巴:你这孩子,你不划船那谁来划船呀?这河面上不能没有人划船呀。

桑珠继续哭闹:这我不管。我要上学。

珠巴:儿子,阿爸快要老了,如果你不继承阿爸的职业,将来这河上就没有人划船了,没有人划船那乡亲们怎么出行呀?我们家世世代代都是船夫,村里人为什么叫阿爸珠巴?那是船夫的意思。你看,大家都多么尊敬阿爸呀?所以,到了你这里,怎么能不当船夫呢?

少年桑珠不再说什么,只是抽泣。

50. 珠巴大叔家　日

突然珠巴大叔被噩梦惊醒。

珠巴大叔睁开眼睛，还没有完全从梦中缓过神来，门外传来敲门声。

珠巴有些奇怪，去开门。

门外站着的是桑珠。

珠巴惊喜地：我的孩子！

桑珠：阿爸！

桑珠进门后不说话，靠着灯光深深地看着阿爸的脸，然后紧紧地拥抱父亲。

珠巴：儿子，你怎么啦？

桑珠：阿爸，我好想你。

珠巴：阿爸也想你了。

父子俩都哭了。

51. 珠巴大叔家　夜

桑珠和珠巴大叔各自半躺在被窝里，静静的。

珠巴：孩子，当初阿爸应该让你跟丹增一起上学。

桑珠：阿爸，别说了。

珠巴不再说话，他闭上了眼睛。

不知过了多久，珠巴睁开眼睛一看，桑珠的床上是空空的。

珠巴：孩子，孩子……桑珠……

52. 丹增宿舍　凌晨

急促的敲门声将丹增叫醒。

丹增忙披着衣服去开门。

门外是白珍。

丹增：白珍，深更半夜的，出什么事啦？

白珍：（气喘吁吁地）丹增大哥，快过来帮帮忙！

53. 珠巴大叔家　凌晨

丹增和白珍来到珠巴大叔家。

丹增问珠巴大叔：大叔，桑珠他怎么啦？

珠巴大叔哭着：桑珠他昨天深夜回来过，不知怎么回事，一直傻傻地待在那里，话也不说，饭也不吃，本来在那里躺着好好的，可是现在又不见了……

珠巴大叔伤心地哭了起来。

丹增忙安慰：大叔，不用担心，他不会有事的，您就放心吧。年轻人嘛，可能有事出去了。你先别担心。

54. 桥上　日　月夜

德龙河滚滚地流淌着。

天空中挂着一轮明月。

月光洒满河面。

桑珠坐在桥的栏杆上呆呆地看着碧波荡漾的河水。

55. 河上　日　（闪回）

阳光下河面很平静。

牛皮船缓缓地划在水面上。

儿童时期的丹增背着包坐在船的前头，桑珠站在船后用力地划船。

桑珠：你这次一去什么时候回来？

丹增：老师说可能要待好几年，不能回来。

桑珠：你要到哪里上学？

丹增：我要到内地去上学。

桑珠：内地在什么地方？

丹增：内地在东方。

桑珠：内地远吗？

丹增：老师说内地很远很远，坐飞机才能到。你不想跟我一起到内地上学吗？

桑珠：我想上学，可是我阿爸说了，这条河上不能没有人划船。我要在这条河上划一辈子的船。

桑珠从自己的腰包里拿出一点钱给丹增。

桑珠：这钱你拿去，到内地买糖吃。这是我划船挣的钱。

丹增：谢谢你。

56. 村子里　夜

丹增和白珍一边喊着桑珠的名字一边找他。

57. 桥上　夜

　　桑珠从回忆回到现实。
　　他偷偷地哭了。
　　他像僵尸一样在桥的栏杆上站了起来。
　　突然他疯了一样大声呼喊从栏杆上跳下去。
　　这时丹增已经到了桥头，看到桑珠跳下，他也跳了下去。

58. 医院病房　夜

　　桑珠半躺在床上，珠巴大叔和白珍、丹增围在旁边。
　　丹增：你说的那个事，究竟是怎么回事？
　　桑珠：（很后悔的样子）……我到了藏北以后，他们叫我砌墙，我不会砌墙，但是他们说为什么刚来的时候不说清楚，我没办法，只好硬着头皮砌了墙，墙砌到三米多高时突然倒下了，墙下还压了一个女孩子……
　　丹增：那女孩怎么样？
　　桑珠：严重骨折，医生说可能要变成终生残疾，光医疗费就需要好几万。
　　白珍：后来呢？
　　桑珠：他们问我这事私了还是报案。
　　白珍：你怎么说的？
　　桑珠：我说私了。
　　丹增：要是私了，他们要多少钱？
　　桑珠：要十万块钱。
　　白珍：那么多？

丹增：没事，不就是十万块吗？值得你自寻短见吗？

桑珠：我家里哪里有那么多钱？我对他们说我回家拿钱去。其实我只想最后见一次阿爸，然后一死了事。

丹增：你怎么能这么想呢？只要人在，钱可以想办法。你一个人不行，还有我们呢！我们会帮助你的。要是你做了傻事，你怎么对得起你阿爸呢？

桑珠：阿爸，我对不起你。

珠巴：孩子，不要说了，现在什么都过去了。以后你千万别做那种傻事。

白珍：桑珠，丹增大哥说的对，钱不要紧，我们可以想办法。

丹增：你想开一点，钱的事情不要紧，我们一定帮你想办法。

桑珠感激地点点头。

59. 白珍甜茶馆　日

白珍坐在收银台前正在数着钱。

丹增进门来。

丹增把一个小铁箱放在白珍面前。

丹增：白珍，你这里能凑多少钱？

白珍：我这里有四万多。

丹增：够了，我这里有六万块钱，正好十万。

白珍：这些钱都是你自己的吗？

丹增：三万是自己的，三万向朋友借的。不过你在桑珠面前可不要说是我向朋友借的。

白珍：我明白。

60. 县城的一个中档饭馆　日

桑珠和一个中年人面对面地坐着。

桑珠把装满钱的布袋递给中年人。

中年人把钱拿在手上，粗略地数了数，然后从其中拿出两万块退给桑珠。

中年人：这些钱你拿回去，我们都是藏族人，讲良心。我只要医药费就行。其实你也不是故意的。对于我来说钱是无所谓，现在我只担心我女儿的将来。小伙子，以后做事一定要小心。

桑珠：谢谢大叔。

61. 桑珠家　日

桌上摆满了酒菜。

桑珠、丹增、白珍和珠巴大叔围着桌子坐着。

桑珠：（拿起酒杯）丹增、白珍，我敬你们一杯酒！我从心底里感谢你们，要是没有你们我这次就真的完了。

丹增：桑珠，别说这些，我们都是从小一块儿长大的，我们都是兄弟，你别把我当外人。

珠巴：桑珠，你听丹增的，在丹增面前你不要客气。

桑珠：好吧！那我就不客气了。不过，你们的钱我以后一定还给你们。

白珍：桑珠，你就别说这些了，快喝酒。

桑珠：那好，不说了。

桑珠把酒一饮而尽。

桑珠：来来，喝酒，吃菜。

大家高高兴兴吃了起来。

62. **青稞地里　日**

桑珠坐在一个小坡地上。

下面的青稞地里麦浪滚滚，绿油油一片。

远处德龙河桥上车辆来来往往。

桑珠若有所思地望着德龙河。

63. **河边　日　（闪回）**

德龙河的渡口有很多人等待渡河。

桑珠刚渡完一批人，正往河的这边划船过来。

他还没靠岸，人们就开始骚动起来。

桑珠：别急，大家别急啊！慢慢来，小心掉到河里。

桑珠下船把船拴在河边的大石头上，人们争先恐后地上牛皮船。

人们向桑珠哈腰点头，有的递烟，有的说客套话。

人们把船钱纷纷塞到桑珠的手里。

64. **青稞地里　日**

桑珠抱着头觉得有些痛苦。

65. 白珍甜茶馆　日

茶馆里有一些客人，白珍正在忙碌着。

桑珠进来，找个座位坐了下来。

白珍：桑珠，你来得正好，快帮帮我。

桑珠不太愿意的样子，站了起来。

桑珠：我干什么？

白珍把一壶甜茶交给桑珠手里：把这个茶送到那几位客人桌上。

桑珠把茶送到客人面前。

客人把他当作服务生：喂！小伙子，快给我们拿辣椒酱来。

桑珠懒懒散散地去拿辣椒酱。

客人催着他：喂！快点！

桑珠把辣椒酱递给客人。

旁边桌上的一个客人又叫回桑珠：喂！小伙子，给我拿一包烟来，紫云烟。

桑珠又不太愿意地从货架上拿一包烟递给客人。

66. 白珍甜茶馆　日

没有客人，白珍和桑珠面对面地坐着，不说话。白珍在喝茶，桑珠在抽烟。

桑珠：白珍，我不想这样整天无所事事，我闷得慌。

白珍：那好。从明天开始你到我茶馆来干活。我给你工钱。

桑珠：什么？你叫我当你的服务员？笑话，一个大男人整天给人端茶送饭，这合适吗？

白珍：这有什么不合适的，现在只要可以挣钱，什么都可以干。

桑珠：再说，这能挣几个钱呀？

白珍：要不，你去修路，那里可以挣很多钱。

桑珠：不行，我要找一个在短期内就能致富的活儿干。

白珍笑着说：那你去抢银行，一夜暴富。

桑珠也笑了：今晚你要到我家来吧，你给我出出主意。

白珍：今晚不行，我要到丹增哥那里去学习。

桑珠：这几天晚上……你都是到丹增那里去了吗？

白珍：是的，是丹增大哥在辅导我……

桑珠：丹增大哥？哼！

桑珠突然起来，头也不回地走了。

白珍：桑珠，你这是什么意思？

67. 县中学院子里　日

中学开学了，在院子里挂着写有"欢迎新同学"的横幅。

新生们正在报道。

央金在人群中到处找小女孩巴桑。

她来到几个报到点去问那里的老师：你这里有没有一个叫巴桑的新生？

一个老师：有。

央金高兴地：太好了。

可是那个老师给他看的是一位男生，央金失望地：不是他。

　　央金又问另一个老师：你的班里有没有一个叫巴桑的？

　　那个老师说：有，有……

　　老师给央金看一个表，表格上的照片就是央金要找的小女孩巴桑。

　　央金兴奋地：就是她，她人呢？

　　老师：她不来了。

　　央金：不来？为什么？

　　老师：家长说家里劳动力不够，要退学。

　　央金感到很意外，摇了摇头。

68. 村庄　　日

　　央金不辞辛苦来到巴桑家。

　　巴桑家的房子陈旧阴暗。

　　巴桑的母亲患病，躺在床上。

　　小女孩巴桑正在院子里挤牛奶。

　　巴桑看到央金老师，忙放下手中的活，把她请到屋里坐。

　　央金走进阴暗的屋子。

　　央金看到墙上最显眼的地方挂着央金买给巴桑的那把六弦琴。

　　巴桑的母亲拖着患病的身子热情地招待央金。

　　央金：为什么不让巴桑继续上学？

　　巴桑母亲呻吟着：她上学了，那家里的活谁来干呀？

　　央金：我理解你家的困难，可是家长几年的辛苦，换来的是孩子一生的幸福。你知道吗？我们的小巴桑很聪明，要是辍学，多可惜……

巴桑母亲：我也这么想，可我现在的情况……实在没办法，如果我自己身体好一点的话，也可以顶着这个家，但是现在我都这样了，家里里里外外都只有靠她呀！

央金问巴桑：巴桑，你想不想上学？

巴桑不说话，一直低着头，她的眼睛里充满了泪水。

69. 村口　日

央金从巴桑家里出来，巴桑把她送到村口。

临别时央金从自己钱包里拿出几百块钱，交到巴桑的手中。

央金：巴桑，先把这个钱拿着，把阿妈的病治好，过几天我再来。

巴桑感动地眼睛里充满了泪水。

央金走在乡村小道上。

巴桑站在那里看着央金的背后，目送她到很远，很远。

70. 医院里　日

巴桑的阿妈躺在病床上，央金细心地照顾着她，小巴桑站在旁边默默地看着。

71. 丹增住处　日

桑珠来到丹增宿舍的门口，突然听到里边传来的白珍的笑声。

桑珠停止脚步，走到窗口往里看。看到白珍和丹增正在拿着书本说说笑笑。

白珍：那太谢谢了，噢对了，有一道题我不明白。

白珍把书拿过来向丹增请教。

丹增在耐心地帮白珍解答。

这个情景都被桑珠看到了。

两个人一时没有注意桑珠的到来，仍继续交谈。

桑珠有些反常的情绪。

桑珠往回走，白珍听到脚步声，忙到窗前看，看到了桑珠的背影。

白珍：桑珠！……

白珍追了过来。

72. 河边　日

白珍和桑珠在河边坐着，两人沉默无语，静静地看着河水。

桑珠：丹增对你很关心？

白珍：是的，他那个人，大到国家大事，小到我们这样普通百姓的事，都能照顾的到……他跟我们岁数差不多，可我们是连自己的事情都管不好。

桑珠：白珍，其实你应该找一个像丹增那样的人

白珍感到有些莫名其妙：你这是什么意思？

桑珠沉默片刻：白珍，我很爱你，可我总觉得自己配不上你。我们分手吧！

白珍：桑珠，你这是什么意思？我可从来没有这样想过。

桑珠：我是认真的……我每次看到你和丹增在一起，总

是很痛苦……

　　白珍：你说什么？人家丹增可是正人君子。你可别瞎想啊！

　　桑珠有些伤心，也有些气愤：你长得这么漂亮，总有一天他会动心的……

　　桑珠话落就起身跑远了。

　　白珍喊着桑珠的名字追了上去。

73. 珠巴大叔家　夜

　　桑珠：阿爸，我要出去，我不想整天在家闲着。

　　珠巴：你要去哪里？

　　桑珠：我要进城！听说城里容易挣钱。

　　珠巴：挣什么钱，上次的教训还不够吗？还是好好种地，日子总能过下去。

　　桑珠：阿爸，我从小争强好胜，不能这样没有出息，我不想在白珍面前变得这么窝囊。

　　珠巴大叔无话可说，深深地叹了一口气。

74. 公路上　日

　　一辆中巴车快速行驶在路上。

　　车里坐满客人，其中有桑珠。

75. 学校门前　日

　　一台拖拉机向学校开来，上面坐着巴桑和她的母亲。

央金在学校门口等待着。

巴桑和她母亲下拖拉机,央金忙过去迎接。她把早已准备好的哈达献给巴桑和巴桑阿妈。

央金:阿妈拉,你的病全好了吗?

巴桑妈:全好了。要是没有您的帮助,我的病哪里会好的这么快呢。

央金:病好了就行。

巴桑妈:央金老师,今天我是来送巴桑上学的,我就把孩子交给你了。

央金高兴地问巴桑:巴桑,你终于又回到学校,高兴吗?

巴桑眼里充满着感激的泪水。

巴桑面对央金老师有些不好意思,微微笑了一下,然后忙去搬行李。

巴桑母亲握着央金的手,非常感激地:央金老师,您可是我们家的大恩人呢!

76. 拉萨步行街 夜

晚上的步行街人头攒动,霓虹灯闪烁发光。

这里有高档的宾馆、高档的商场,既有具有浓郁民族特色的商店、餐馆,也有"德克士"等快餐店。总之,一点不逊色于内地的中小城市。

几个青少年在跳着最前卫的街舞。

桑珠混在人群中,他发现前面有一个外国游客,忙前去跟外国游客打招呼。

桑珠从怀里拿出一把作旧的藏刀,半藏不露地给外国游客看:这藏刀是正宗货,是祖传的宝贝,你买吧,价格可以优惠。

老外好像不想买,一个劲地说:NO,NO……

桑珠一直纠缠不放,老外只好买下。

桑珠拿到钱后,溜得无影无踪。

这时有人过来对那位游客说:这件东西是假的,根本不值钱。

老外摇了摇头。

77. **珠巴大叔家　日**

珠巴大叔拿出一个布包,交给白珍。

珠巴大叔:这是桑珠从拉萨托人捎过来的,你打开看一下,什么东西?

白珍打开,取出一件毛衣。

白珍:哦,是一件毛衣,是给你买的,他还真点孝心。

珠巴:是给你买的吧,我穿这个干什么?

白珍:肯定是给你买的,你看一这是老年人的样式。

白珍把毛衣摊开,准备给珠巴大叔穿上,这时从毛衣里掉下一捆纸包,白珍打开一看,全是钱。

他们觉得有些奇怪。

白珍:大叔,他从哪里弄了这么多钱?

珠巴大叔:刚才那个人对我说,桑珠他捎口信说在拉萨钱太好挣了,叫我不要担心。

白珍:怎么?他刚去几天就挣了那么多钱?不可能,大叔，这钱来的肯定不正当，要弄清楚……

78. 小康桥上　日

　　白珍：丹增大哥，桑珠他刚去了拉萨，就能挣那么多钱，我觉得有点不正常。

　　丹增思考着：过几天，我请个假，到拉萨找他去。

　　白珍：丹增哥，你对桑珠太好了，可是他对你始终忽冷忽热的。

　　丹增：没事。不管怎样，我们应该关心他，他现在成了这样也是有原因的。你想想，没有这座桥的时候，他在村里多风光呀！现在一下子落到这个地步，难免会有一落千丈的感觉。

　　白珍：可是这也不能怪你呀。

　　丹增：说实话，桑珠他可是有功的人，没有建造桥之前，他对我们村的人们的出行，作出了巨大贡献的，现在人们不需要他了，但是我们不能忘记他。

79. 丹增宿舍　夜

　　丹增躺在床上，怎么也睡不着觉。

80. 村头　日　（闪回）

　　儿童时期的丹增被几个外村小孩围着。
　　丹增很害怕的样子。

外村小孩看着丹增哈哈大笑。

丹增哭了。

这个时候儿童时期的桑珠呐喊着从前面跑过来。

外村小孩与桑珠撕打一团,最后外村小孩跑了。

桑珠:丹增,你没事吧。

丹增:我没事,谢谢你桑珠。

81. 丹增宿舍　夜

丹增结束了回忆。

丹增自言自语:我一定要帮助他找个正经活儿干。

82. 去拉萨的路上　日

白色客车里坐满乘客。

丹增坐在车里,忧心重重。

83. 拉萨街头　夜

夜晚的拉萨灯火通明,街道两旁繁华热闹,霓虹灯闪闪发光,现代化的高原明珠的夜景令人陶醉。

丹增走在人群中,他在寻找着什么。

84. 一家豪华朗玛厅内　夜

朗玛厅里喝酒的、唱歌的、跳舞的一点不逊色于内地大都市的夜总会。

丹增走进朗玛厅，在寻找着什么。

朗玛厅里坐满了客人，很热闹。

朗玛厅的一个角落里，一个中男子和一个年轻女子围着一张小圆桌坐着。他们一会儿互相敬酒，一会儿又脸贴着脸亲热地说着什么。

桑珠一身黑衣走入，径直走到那两个人跟前，跟他们说了什么。

中年人很惊讶的样子。

85. 朗玛厅后面的一间房子　夜

桑珠把中年人带到这里来。

房间里有几个穿着奇怪的人。

桑珠：大哥，他来了。

中年人有些害怕。

中年人：你们想干什么？

被称作大哥的那个人拿出一个相机来。

大哥：我先给你看几张照片。

他把照相机打开，给中年人看。

画面上都是那个中年人和那位年轻女子亲热的照片。

大哥：看清了吧？

中年人：你们想干什么？

大哥：我们是你妻子雇来的。我们奉她的命来拍这些照片。

中年人神色慌张。

中年人：求求你们，把照片删了吧。求求你们。

大哥：删照片？可以的。不过……

中年人：你们要多少钱，我都可以给你们……

几个人哈哈地笑了起来。

86. 朗玛厅的走廊里　夜

大哥等几个人从里面出来。

人们看到他们以后忙躲闪，怕惹麻烦。

几个人大摇大摆地走出。

桑珠跟随在他们后面。

丹增正好注意到了这群人，他从人群中看到了一个人影，觉得很眼熟，可是由于灯光很暗，看不太清楚。

丹增一直注意着那个人。

过一会儿后那个人摇摇晃晃地走出去，丹增跟了上去。

在走廊里丹增看清了那人是桑珠。

丹增追过去：桑珠，你在这里干什么？你跟什么人在一起？

桑珠：哦，是你，我的事情你不要管了。

丹增感到莫名其妙：桑珠，你这是干什么？你跟那些人在一起，阿爸知道了会伤心的。

桑珠不理丹增，摇摇晃晃地离开。

丹增追上：桑珠，你到哪里去？

酒醉的桑珠骂丹增：你别管我，你是我什么人呀？你这样关心我，常常来我们家，你看中的是谁？表面上你是关心我们家，其实你想勾引我的未婚妻……

丹增打了桑珠一个耳光。

桑珠不还手，捂着脸出去了。

丹增追了上去。

丹增来到街上时，桑珠已经消失在人群中。

87. 旅馆　夜

丹增在房间里躺着，他为桑珠的话而睡不着觉。

88. 草原上　日　（闪回）

儿童时期的丹增和桑珠快乐地奔跑着。

89. 学校校园里　日

在学校的操场上，央金目不转睛地望着前方。

央金的主观镜头里出现了美丽早霞衬托下的小女孩巴桑弹琴的剪影。

她脑子里出现小巴桑参加全国少儿演奏大赛的情景。

90. 央视演播室　日　（联想）

巴桑穿着鲜艳的民族服装，站在中央电视台的比赛大厅进行弹唱。

她的精彩弹唱获得了观众雷声般的掌声。

评委们兴奋地同时亮出10分。

巴桑站在领奖台向观众致敬。

91. 拉萨巷道　日

桑珠背着一个挎包,在巷子里奔跑。
后面两个民警追上。
桑珠东跑西窜,民警紧追不舍。

92. 办公室　日

丹增在埋头看图纸。
白珍撞开着门进来。
白珍:丹增大哥,桑珠出事了!

93. 拉萨一拘留所　日

禁闭室里桑珠被关着。
丹增和白珍来看他。
隔着铁窗里边坐着桑珠,外面坐着丹增和白珍。
桑珠:对不起,丹增,我错了。
白珍一直在哭。
桑珠:白珍,你不要哭了。当初我该听你的。
丹增:现在什么也不要说,你就好好交代,争取宽大处理。
桑珠点点头。
桑珠:你们先不要告诉我阿爸。要是他问起,就说我在拉萨事多,一时回不来。
丹增:我们知道怎么说,你就放心吧。
白珍:你会关多久?
桑珠:据他们说可能要关几个月,不会超过一年。

丹增：你不是主犯，不会判得很重。你阿爸这边你就不用担心了，有我和白珍，我们会照顾好他的。

桑珠：谢谢你们。

94. 珠巴大叔家　昏

桑珠很久没有回家，珠巴大叔视力急剧下降，眼睛彻底看不见了。

天色近黄昏，珠巴大叔扶着墙准备上厕所，不小心从楼梯上摔下来。

他挣扎着准备站起来，但怎么也站不起来。

他很凄惨地喊：儿子……儿子……

这时正好有人答应：大叔，我回来了。

推开门的是丹增。

他赶紧把珠巴大叔扶起，发现大叔头部受伤，马上把他送到医院。

95. 病房里　夜

珠巴大叔躺在医院的病床上，丹增很细心地把糌粑糊一勺一勺地喂给他。

珠巴大叔感动地流下了热泪，抓着丹增的手：孩子……我怎么感谢你才好呀？

丹增深情地：大叔，不客气，我的父母都不在了，你就是我的亲人……

珠巴：我真糊涂。我真后悔当初没让桑珠跟你一起上学。

丹增：大叔，你不要责备自己。当初你也是为乡亲们着想的嘛，现在想起来，也确实如此，如果那时不是桑珠继续在河面上划船，那乡亲们是无法出行的，包括我上学。只是当初没有想到时代会发展得如此之快。

珠巴大叔：是的，当初我怎么也不会想到时代会变得这么快。

丹增微笑着点点头。

96. 病房里　夜

丹增还守在珠巴大叔的病床前。珠巴大叔在病床上睡着了。

珠巴大叔做了梦。

97. 河　日　（梦）

一条湍急的河流从山间流下来。

桑珠被河水冲走，他拼命地抓着一根草，呼喊。

桑珠：阿爸，快救救我……

珠巴：孩子，孩子……

98. 病房　夜

珠巴大叔猛地醒过来。

丹增：阿爸，你怎么啦？

珠巴大叔：丹增，你给我说实话，桑珠他出事了对不对?他不是在拉萨忙事情,而是他根本就不能回来,对不对?

丹增:大叔,你不要担心,他一定会回来的。

99. 病房　日

丹增拿着饭盒来到病房,问珠巴大叔:今天怎么样?

珠巴大叔咳嗽了几声:伤倒是好了,这几天好像又感冒了。

丹增给珠巴大叔喂饭。

丹增:噢对了,大叔,你的眼睛可以手术了,我已经跟医生说了,医生说等你的咳嗽好了再做。

100. 医院院子　日

丹增在阳光下晾珠巴大叔的衣服。

白珍高兴地跑过来。

白珍拿出一封信:丹增大哥,你看!

丹增打开看,惊喜:职业学校的录取通知书?白珍,你考上了?

白珍高兴地点点头。

丹增:太好了,你在那里好好学习,等那条路修通了,你在热库湖边开个农家乐,一定会成功!

白珍:我也是这么想的。

101. 医院里　日

医生正在给珠巴大叔做白内障手术。

白珍、丹增在门口静静地等待。

102. 医院　日

在病房里，眼睛上缠着绷带的珠巴大叔坐在床上。

白珍和丹增围着他静静地等待。

医生慢慢地解开绷带。

珠巴大叔看了看白珍，然后深情地看着丹增。

珠巴大叔激动地：孩子，我终于看清你了！

丹增深情地看着珠巴大叔，轻声：大叔……

珠巴大叔紧紧抓住丹增的手：孩子……

103. 宿舍里　夜

丹增在网上跟远在美国的卓玛聊天。

卓玛（画外音）：我的论文将要完成，我的导师说这部专著发表之后将会在国际经济学领域引起不小的轰动。丹增，说实话，我预感到财富和名誉向我走来……

丹增（画外音）：我这一生可能不会有发财和成名的机会，可是我对我平凡的人生没有后悔……我们的家乡是个神奇美丽的地方，我为这里的人们做贡献，青春无悔……晚安！

104. 看守所　日

　　丹增、白珍和桑珠面对面地坐着。
　　丹增不知道话怎么开头，桑珠低着头，一个劲地抽烟。
　　白珍：你阿爸的眼睛已经痊愈了。
　　丹增：白珍考上职业学校了，她要去拉萨学习餐饮业。以后她可是热库湖畔农家乐的老板娘呢！
　　桑珠点点头：嗯！
　　丹增开玩笑：你为什么不谢我，白珍可是你的未婚妻呀！是我帮她学习文化课的！
　　桑珠还是低着头，有些不好意思：丹增，上次……我是一时的冲动，才说了那样的话，你不要放在心里。
　　丹增：只要你想明白就行。真的，我真的希望你跟白珍早点成亲，别让你年迈的阿爸担心。让他老人家也早点抱孙子嘛！
　　桑珠点点头。
　　丹增："噢！对了，我给你透露一个消息，交通部门已经决定尽快施工热库湖的那条公路，到时候热库湖每天会迎来众多游客，你也会在热库湖上找到一个适合你干的工作。那时你就不用感到自卑，你就可以大大方方、体体面面地娶白珍……
　　桑珠的脸上充满着感激。

字幕：几年以后。
　　美丽的热库湖边大大小小的旅游团参观拍照。
　　湖边有一座崭新漂亮的藏式小楼。

小楼的门牌上藏汉两种文字写着"白珍农家乐"。

一辆白色的越野车停在农家乐门前,丹增下车。

丹增:白珍老板!

"哎!"的一声,穿着都很考究的白珍从里出来。

随后珠巴大叔抱着一个婴儿走出,他微笑着向丹增打招呼。

丹增:桑珠呢?

白珍:他还没回来。

丹增来到湖边,湖面上有几个游船。

游船上桑珠掌舵,船里坐满了游客。

丹增吹了一声口哨,桑珠听到了口哨向丹增招手。

(剧终)

2013年5月二稿